水滸小札

張恨水

JPC
HK

目錄

水滸人物論贊

序

民國十六七年間，予編北平世界日晚報副刊。晚刊日須為一短評，環境時有變更，頗覺題窮，予乃避重就輕，尚論古人，日撰《水滸人物論贊》一則。以言原意，實在補白，無可取也。後讀者覺其饒有趣味，迭函商榷，予乃賡續為之。旋因予辭職，稿始中止，然亦約可得三十篇矣。民國二十五年，予在南京辦《南京人報》，自編副刊一種，因轉載是稿，並又益以新作十餘篇。社中同人，讀之而喜，謂是項小品專在議論，不僅為茶餘酒後之消遣，可作青年國文自修讀本看，囑予完成出單行本，予漫應之，以為時日稍長，當彙集雜稿成書也。其後中日戰局日緊，無暇為此項小文，事又中擱。去冬，《萬象》週刊社，在渝覓得《南京人報》合訂本十餘冊，整理同文著作，得論贊四十餘篇。編者劉自勤弟剪貼成集，欣然相示，商予更增新稿，務成一單行本，以了夙願。予因去歲作《水滸新傳》，讀《水滸》又數過，涉筆之餘，頗多新意，遂允其議，再增寫半數共得九十篇。因人物分類，列為天罡、地煞、外篇三部。雖取材小說，卑之毋甚高論。但就技巧言，貢獻於學作文言青年或不無小補云爾。

三十三年三月三日張恨水序於南溫泉北望齋茅屋

凡例

——本書各文之屬筆，前後相距凡十餘年，筆者對《水滸》觀感，自不無出入處。但態度始終客觀，並持正義感，則相信始終如一。

——各篇在北平書寫者，篇末注一「平」字，在南京書寫者，注一「寧」字。最後在重慶續寫者，注一「渝」字，以誌筆者每個年代之感想。

——三十六天罡，每人皆有論贊，七十二地煞，則不全有，以原傳無故事供給，難生新意，不必強作雷同之論也。其間有數篇是合傳，意亦同。外篇人物，僅擇能發人感喟者為文，故不求其多。

——宋、晁二人，在昔原有論文，因係主腦人物，特以新意再寫一篇，而仍附舊作於後，其餘從略。

——是書頗貢獻青年學文言者，作一種參考，故結構故取多種。如朱仝、雷橫篇，用反問體，朱貴篇通用也字結句是。其餘各篇，青年自可揣摩領悟。然決非敢向通人賣弄，一笑置之可也。

——青年初學文言，對於語助詞，最感用之難當。是書頗於此點，加意引用，願為說明。

——是書願貢獻青年作學文言之參考，亦是友朋中為人父兄所要求。筆者初不敢具有此意，自視仍是茶餘酒後之消遣品耳。

——筆者為新聞記者二十餘年，於報上作短評，頗經年月。青年學新聞者，酌取其中若干，為作小評之研究，亦可。

天罡篇

宋江（第一）

北宋之末，王綱不振，群盜如毛。盜如可傳也，則當時之可傳者多矣。顧此紛紛如毛者皆與草木同朽，獨宋江之徒，載之史籍，擋之稗官，渲染之於盲詞戲曲，是其行為，必有異於眾盜者可知。而宋江為群盜之首也，則其有異於群者又可知。故以此而論宋江，宋氏之為及時雨，不難解也。

英雄之以成敗論，久矣。即以盜論，先乎宋江者，敗則黃巢之流寇，成則朱溫之梁太祖高皇帝也。更以揭竿弄兵論，後乎宋江者，成則朱元璋明太祖高皇帝，敗又造反盜匪張士誠矣。宋氏之潯陽樓題壁詩曰：「敢笑黃巢不丈夫。」窺其意，何嘗不慕漢高祖起自泗上亭長？其人誠不得謂為安分之徒，然古之創業帝王，安分而來者，又有幾人？六朝五代之君，其不如宋江者多矣，何獨責乎一宋江乎？

世之讀《水滸》而論宋江者，輒謂其口仁義而行盜跖，此誠不無事實。自金聖嘆改宋本出，故於宋傳加以微詞，而其證益著，顧於一事有以辨之，則宋實受張叔夜之擊而降之矣。夫張氏，漢族之忠臣也，亦當時之英雄也。宋以反對貪污始，而以歸順忠烈終。以收羅草莽始，而以被英雄收羅終。分明朱溫、黃巢所不能者，而宋能之，其人未可全非也。

間嘗思之，當宋率三十六人橫行河朔也，視官兵如糞土，以為天下英雄莫如梁山矣，趙氏之鏞鼎可問也，則儼然視陳勝項羽不足為已。及其襲海州，一戰而敗於張叔夜，且副酋被擒。於是乃知以往所知之不廣，大英雄，大豪傑，實別有在，則反視藐躬，幡然悔改。此南華秋水之寓意，而未期宋氏明之，雖其行猶不出乎權謀，權而施於每，其人未可全非也。

雖然，使不遇張相公，七年而北宋之難作，則宋統十萬嘍囉雄踞水泊，或為劉邦、朱元璋，或為劉豫、石敬瑭，或為張獻忠、李闖，均未可知也。宋江一生籠納英雄自負，而張更能籠納之，誠哉，非常之人，有非常之功也，惜讀《宋史》與《水滸》者，皆未能思及此耳。梁山人物，蔡京、高俅促成之，而張叔夜成全之，此不得時之英雄，終有賴於得時之英雄歟？世多談龍者，而鮮談降龍之羅漢，多談獅者，亦鮮談豢獅之獅奴，吾於張叔夜識宋江矣。又於宋江，更識張叔夜矣。

（渝）

潯陽樓宋江吟反詩

附一篇

人不得已而為賊，賊可恕也。人不得已而為盜，盜亦可恕也。今其人無不得已之勢，而已居心為賊為盜。既已為賊為盜矣，而又曰：「我非賊非盜，暫存水泊，以待朝廷之招安耳。」此非淆惑是非，倒因為果之至者乎？孔子曰：「鄉原，德之賊也。」吾亦曰：「若而人者，盜賊之盜賊也。其人為誰，宋江是已。」

宋江一鄆城小吏耳。觀其人無文章經世之才，亦無拔木扛鼎之勇，而僅僅以小仁小惠，施於殺人越貨、江湖亡命之徒，以博得仗義疏財及時雨之名而已。何足道哉！夫彼所謂仗義者何？能背宋室王法，以縱東溪村劫財之徒耳。夫彼所謂疏財者何，能以大錠銀子買黑旋風一類之人耳。質言之，即結交風塵中不安分之人也。人而至於不務立功立德立言，處心積慮，以謀天下之盜匪聞其名，此其人尚可問耶？

宋江在潯陽樓題壁有曰：「他年若得報冤仇，血染潯陽江口。」又曰：「他時若遂凌雲志，敢笑黃巢不丈夫。」咄咄！江之仇誰也？血染潯陽江口，何事也？不丈夫之黃巢，何人也？宋一口道破，此實欲奪趙家天下，而以造反不成為恥矣。奈之何直至水泊以後，猶日日言等候朝廷招安耶？反趙猶可置之成王敗寇之列，而實欲反趙，猶口言忠義，以待招安，欺眾兄弟為己用，其罪不可勝誅矣。雖然，宋之意，始賂盜，繼為盜，亦欲由盜取徑而富貴耳。富貴可求，古今中外，人固無所不樂為也。

晁蓋（第二）

評《紅樓夢》者曰：「一百二十回小說，一言以蔽之，譏失政也。」張氏曰：「吾於《水滸傳》之看法，亦然。」

王安石為宋室變法，保甲，其一也。何以有保甲？不外通民情，傳號令，保治安而已。凡此諸端，實以里正保正，為官與民之樞紐。而保正里正之必以良民任之，所不待論。今晁蓋，鄆城縣東溪村保正也。鄆城縣尹，其必責望晁氏通民情，傳號令，保治安，亦不待論。然而晁氏所為，果何事乎？《水滸》於其本傳，開宗明義，則曰：「專愛結識天下好漢，但有人來投奔他的，不論好歹，便留在莊上住。」嗟夫！保正而結識天下好漢，已可疑矣，而又曰：「不論好歹，便留在莊上住。」是其生平為人，固極不安分者也。極不安分而使之為一鄉保正，則東溪村七星聚義，非劉唐、公孫勝、吳用等從之，而縣尹促之也，亦非縣尹促之，而宋室之敝政促之也。使晁蓋不為保正，則一土財主而已。既為保正，則下可以管理平民，上可以奔走官府。家有歹人，平民不得言之，官府不得知之，極其至也，寖假【二】遠方匪人如劉唐者，來以一套富貴相送矣，寖假附近奸猾如吳用者，為其策畫劫生辰綱矣。寖假緝捕都頭如朱仝、雷橫者，受其賄賂而賣放矣。質言之，保治安的里正之家，即破壞治安窩藏盜匪之家也。

讀晁蓋傳，其人亦甚忠厚，素為富戶，亦不患飢寒，何以處心積慮，必欲為盜？殆家中常有歹人，所以有引誘之歟？而家中常有歹人，則又為身為保正，有以保障之也。嗚呼！保甲而為盜匪之媒，豈拗相公變法之原意哉！一保正如此，遍趙宋天下，其他保正可知也。讀者疑吾言乎？則史進亦華陰史家莊里正也。《水滸》寫開始一個盜既為里正，開始寫一盜魁，又為保正。宋元之人，其於保甲之繳，殆有深憾歟？雖然，保甲制度本身，實無罪也。（渝）

附一篇

梁山百八頭目之集合，實晁蓋東溪村舉事為之首。而終晁蓋身居水泊之日，亦為一穴之魁。然而石碣之降也，遍列寨中人於三十六天罡，七十二地煞之名，晁獨不與焉。豈洪太尉大鬧伏魔殿，放走石碣下妖魔，亦無晁之前身參與乎？然而十三回東溪村七星聚首。晁胡為乎而居首也？十八回梁山林沖大火併，胡為乎義士尊晁蓋也。五十七回眾虎同心歸水泊，又胡為乎晁仍發號施令也。張先生憮然有間，昂首長為太息曰：嗟夫！此晁盜之所以死也！此晁蓋之所以不得善其死也。彼宋江者心藏大志，欲與趙官家爭一日短長者久矣。然而不入水泊則無以與趙官家抗，不為水泊之魁，則仍不足以與趙官家抗。宋之必為水泊魁，必去晁以自代，必然之勢也。晁以首義之功，終居之而不疑，於是乎宋乃使其赴曾頭市，而嘗曾家之毒箭。聖嘆謂晁之死，宋實弒之，《春秋》之義也。或曰：此事於何證之？曰於天降石碣證之，石碣以宋居首，而無晁之名，其義乃顯矣。蓋天無降石碣之理，亦更無為盜降石碣之理，實宋氏所偽託也。

吾不知晁在九泉，悟此事否，就其生前論之，以宋氏東溪一信之私放，終身佩其恩德，以至於死，則亦可以與言友道者矣。古人曰：盜亦有道，吾於晁蓋之為人也信之。

（平）

【一】 寖假，即「浸假」，逐漸的意思。

盧俊義（第三）

「蘆花灘上有扁舟，俊傑黃昏獨自遊。義到盡頭原是命，反躬逃難必無憂。」此吳用口中所念，令盧俊義親自題壁者也。其詩既劣，義亦無取，而於盧俊義反四字之隱含，初非不見辨別。顧盧既書之，且復信之，真英雄盛德之累矣！夫大丈夫處世，富貴不能淫，貧賤不能移，威武不能屈。何去何從，何取何舍，自有英雄本色在。奈何以江湖賣卜者流之一語，竟輕置萬貫家財，而遠避血肉之災耶？盧雖於過梁山之日慷慨懸旗，欲收此山奇貨，但於受吳用之賺以後行之，固不見其有所為而來矣。

金聖嘆於讀《水滸》法中有云：「盧俊義傳，也算極力將英雄員外寫出來了，然終不免帶些呆氣。譬如畫駱駝，雖是龐然大物，卻到底看來覺道不俊。」此一呆字與不俊二字，實足贊盧俊義而盡之。吾雖更欲有所言，乃有崔顥上頭之感矣。惟其不俊也，故盧員外既帷薄不修，捉強盜又太阿倒持，天下固有其才不足以展其志之英雄，遂無往而不為誤事之蔣幹。與其謂盧為玉麒麟，毋寧謂盧為土駱駝也。

雖然，千里風沙，任重致遠，駝亦有足多者。以視宋江、吳用輩，則亦機變不足，忠厚有餘矣。

（平）

吳用（第四）

有老饕者，欲遍嘗異味，及庖人進鱔，乃躊躇而不能下箸。庖人詢之，則以惡其形狀對。蓋以其自首至尾，無不似蛇也。庖人固勸之，某乃微啜其湯，啜之而甘，遂更嘗其肉。食竟，於是拍案而起曰：「吾於是知物之不可徒以其形近惡醜而絕之也。」

張先生曰：「引此一事：可以論於智多星吳用矣。」吳雖為盜，實具過人之才。吾人試讀《水滸傳》智劫生辰綱以至石碣村大戰何觀察一役，始終不過運用七八人以至數十人，而恍若有千軍萬馬，奔騰紙上也者。是其敏可及也，其神不可及也。其神可及也，其定不可及也。使勿為盜而為官，則視江左謝安，適覺其貪天之功耳。

更有進者，《水滸》之人才雖多，而亦至雜也。而吳之於用人也，將士則將士用之，莽夫則莽夫用之，雞鳴狗盜，則雞鳴狗盜用之。於是一寨之中，事無棄人，人無棄才。史所謂橫掠十郡，官軍莫敢攖其鋒者，殆不能不以吳之力為多也。夫天下事，莫難於以少數人而大用之，又莫難於多數人而細用之。觀於吳之置身水泊，則多少細大無往而不適宜，真聰明人也已。雖然，惟其僅為聰明人也，故晁蓋也直，處之以直，宋江也詐，則處之以詐，其品遂終類於鱔，而不類於淞鱸河鯉矣。

（平）

吳用智取生辰綱

公孫勝（第五）

公孫勝只能畫符作法耳，未見其有何真實本領也。吾人既不願談荒唐經，則欲於此為文以贊之，轉覺詞窮矣。雖然，《水滸》一書，除言忠義而外，教人以孝者也。書中寫得最明顯者，有王進之孝，有李逵之孝，有宋江之孝，於是而更有公孫勝之孝。王進之孝純孝也，李逵之孝愚孝也，宋江之孝偽孝也，惟公孫勝之孝，則吾莫得而名之，然則於孝之一點，可以論公孫勝矣。

吾聞古哲之言曰：「孝子不登高，不臨深。」亦曰：「事君不忠，非孝也。臨陣無勇，非孝也。」又曰：「身體髮膚，受之父母，不敢毀傷，孝之始也。」吾儕不言孝，則亦已矣，既已言孝，則不得不一考為孝之道。彼公孫勝者，以父母所遺清白之身，無端而見財起意，無端而殺人越貨，無端而拒抗官兵，入寇國土。此果孝子所應為乎？然此猶曰：「昔日之未悟也。」當宋江迎接宋外公之日，勝忽然省悟小人有母，乃浩然有歸志，是矣。顧李逵、戴宗一至二仙山，勝奈何又棄母而復出？昔日在金沙灘別眾頭領有母也，今日赴高唐州則無母乎？昔日歸九宮縣二仙山有母也，今日回梁山泊更觀宋太公則無母乎？勝不得為王進之純孝，不得為李逵之愚孝，奈何亦不得為宋江之偽孝耶？於其母也如此，自謂能孝其母者如此，其他可知矣，吾於是知勝之於畫符作法外，固絕無一事之長也。

（平）

關勝（第六）

古今中外，無地無才，無時無才。有才而不能用，用之而不能盡，斯覺才難耳。吾讀《水滸》關勝傳，乃不禁咨嗟太息，泫然涕下也。關之智勇兼長，雍容儒雅，絕似以乃祖壽亭侯。乃朝廷不為見用，屈之於下位。一旦有事，始匆匆見召，草草起用，既不聘之以禮，又不激之以義，用之之謂何也？此特所以處招之便來，揮之便去，一班蠅營狗苟之徒耳，豈足以驅策英雄豪傑哉！故關之來，其心中不必向趙官家求榮，更不必為蔡太師解憂，只是答良友推薦，為自己本領作一番表白，及遇宋江投以所好，欺以其方，遂不能不動心矣。

昔豫讓有言，中行氏眾人蓄我，故我以眾人報之，智伯國士遇我，故我國士報之，於是知英雄豪傑之樂為人用，雖不免賴於功名富貴，子女玉帛，而功名富貴，子女玉帛，實不足以盡之。能盡之者何？舒其才，安其心，順其性而已。關勝謂宋江曰：「君知我則報君，友知我則報友，到此意也。」宋江究不能為劉備耳，使其果有此日，勝何難效乃祖威鎮荊襄，而俯瞰汴洛耶？後之人欲籠納英雄，一味勢迫利誘，其效幾何？終亦不免為宋江所笑矣。

（平）

林沖（第七）

天下有必立之功，無必報之仇，有必成之事，無必雪之恥。何者？以其在己則易，在人則難也。林沖為高氏父子所陷害，至家破人亡，身無長物，茫茫四海，無所投寄，其仇不為不深，其恥不為不大。而金聖嘆所以予林沖者，謂其看得到，熬得住，把得牢，做得徹。而卒莫如高氏父子何。此可見報仇雪恥之非易言也。

雖然，林沖固未能看得到云云也。果能看得到云云，則當衝撞高衙內之後，即當攜其愛妻，遠覓棲身立命之地，以林之渾身武藝，立志堅忍，何往而不可托足。奈何日與虎狼為伍，而又攖其怒耶？同一八十萬禁軍教頭，同一得罪高太尉，而王進之去也如彼，林沖之去也如此，此所以分龍蛇之別歟？吾因之而有感焉：古今之天下英雄豪傑之士，不患無用武之地，只患略有進展之階，而又不忍棄之。無用武之地，則亦無有乎爾，既已略有之，不得不委屈以求伸，而其結果如何，未能言矣。若林沖者，其弊正在此也。世之赧顏事仇，認賊作父者，讀林沖傳，未知亦有所悟否也？

（寧）

秦明（第八）

百八人之入《水滸》，冤莫冤於秦明，慘亦莫慘於秦明矣。秦雖性情暴躁，然甚知大義，所謂「朝廷教我做到兵馬總管，兼授統制之官職，又不曾虧了秦明，如何肯做強人？」此不必談若何天經地義，亦復恩怨分明之言。況其室家俱在，安然食祿供職，實無入伙為盜之必要。而宋江欲為「水滸」羅致天下英雄，不惜施反間計，使秦明之家，同歸於盡，而以絕其歸路。誦《鴟鴞》之詩，既毀其巢，又取其子，慕容知府之過，正宋江之罪也。當吳用等誘朱仝入伙之日，亦曾殺小衙內以要之。朱仝、李逵手腕之毒，至再至三，必欲與李逵一決而後已。而秦明受宋江、花榮之下此絕著，竟敢怒而不敢言，吾未能信其為霹靂火矣。以意度之，秦之於宋江，或亦如關勝之於宋江，「此心動矣」乎？

夫清風寨之役，宋江尚未入「水滸」也。未入「水滸」而便如此搜羅人才，則謂其無意於為盜？孰能信之哉？更謂其無意於為「水滸」之魁，又孰能信其哉？秦既被擒於清風山，一聞宋江之名，即不勝其傾倒，而曰聞名久矣，不想今日得會義士。而此輕輕一語，遂使宋江得意氣相投之徵。而秦之全家老小，卒無端葬送矣。甚矣哉！擇友之不可不慎也。

（平）

呼延灼（第九）

《水滸》寫平盜諸人，均以大將風度，懷才不遇出之。如此，所以使其後來易於入泊為伙也。灼以開國元勳後裔。有萬夫不當之勇，且為高俅所稔知，而其位亦不過汝寧州都統制。以清代駐軍制比較之，亦僅僅一縣城中千總游擊之類耳。灼在平日，未知其抱負何如，但觀其被宣至東京，未見天子，先拜高俅，聲稱恩相，如受大寵，而亦既為梁山所敗也，急投慕容知府，欲走慕容貴妃關節，以免於罪。灼之人格，蓋可想矣。

雖然，灼有萬夫不當之勇者也，以有萬夫不當之勇之人，患得患失，乃至如此，則爾時有才之不足恃，可見一斑。而蔡京、高俅之培植私黨，妒賢嫉能，又奚待論？使非梁山盜風之熾，高俅一時心血來潮，想及於灼，則灼終其身困於汝寧州與草木同朽耳，於灼何責焉。叩馬書生之言曰：「世未有權奸在內，而大將立功於外者。」嗟夫！豈特不能立功而已，才勇之士，苟不甘為狗奴才之驅使，老死牖下耳，又何從為大將哉。此宋之所以亡也。為天下古今憂國有心，救國無道者，同聲一哭！

（寧）

花榮（第十）

有村俗卑鄙之劉正知寨，便有風流儒雅之花副知寨。有剝削小民，不分良莠之正知寨，便有文武雙全，無用武之地之副知寨，天下事大抵如此，握權者不必有能，備位者多才多藝，而竟無法展其一技一藝也。夫既不能展其一技一藝矣，而為正者又恐物不得其平則鳴，將不免挾智力以謀我，於是愈抑壓之，以使永久無可展其一技一藝而後已，此花榮之在清風寨，局促不安，一見宋江即痛斥劉知寨者乎？

以花榮之才，如燕順王英等，縱有十百，不足值其一顧，而卒使燕順王英等之能於清風寨附近結伙落草，殆為情理所必無，然而燕順王英不但結山為盜，且並劉知寨之夫人而亦搶劫之，此一半在劉高之無力剿匪，而另一半不能不認為在花榮之熟視無睹矣。蓋花榮身自為計，有匪即不必任其咎，匪平則劉高受其功，固不必為此吃力不討好之事也。吾於何見之，吾於花榮對宋江所言知之，彼既謂「小弟獨自在這裡把守時，遠近強人，怎敢把青州攪得粉碎？……恨不得殺了這濫污禽獸」。此對劉知寨而發也。又謂「正好叫那賤人，受此玷辱，兄長錯救了這等不才的人」，此對劉知寨夫人而發也。是則宋江之為劉高所陷害，亦不無池魚之殃也。文雅如花榮，猶不免與劉高爭至兩敗俱傷，薰蕕不同器，信然哉！

（寧）

柴進（第十一）

《水滸》之盜，其來也可別為四。原來為盜，如朱貴、杜遷是也。處心積慮，思得為盜以謀出身，如宋江、吳用是也，本可不為盜。隨緣林入伙，如燕青、宋清是也，勢非得已，如俗所謂逼上梁山者，林沖、楊志是也。若以論於柴進，則吾又茫然，而不能為之類別焉。謂其非原來為盜，則與江湖強盜，早通消息矣。謂其非有心為盜，則其結交亡命，固行同宋江矣。謂其非隨緣入伙，則固曾藏梁山中人計賺朱仝矣。謂其非被迫上山，則丹書鐵券，曾不能救其自由矣。大抵柴之為人，並非勢必為盜之輩。固一思宋朝天下奪之於彼柴門孤兒寡婦之手，自負身有本領，頗亦欲為漢家之劉秀。且宋綱不振，奸權當道，柴家禪讓之功，久矣不為人所齒及，而尤增柴氏恥食宋粟之心。故柴雖不必有唐州坐井觀天之一幕，亦遲早當坐梁山一把交椅也。

《水滸》一書，本在譏朝廷之失政，而柴進先朝世裔，宋氏予以優崇，亦嘗載在典籍，告之萬民。乃叔世凌夷，一知府之妻弟，竟得霸佔柴家之產業。柴皇城夫人所謂金枝玉葉者，乃見欺於裙帶小人，焉得而不令人憤恨耶？柴之為盜，固可恕矣。

惜哉！柴未嘗讀書，又未嘗得二三友，匡之於正也。不然，以其慷慨好義，胸懷灑落，安知不能為柴家爭一口氣乎？

（寧）

李膺（第十二）

《水滸》三十六天罡，論其才智勇力有絕不如地煞者，未知地煞者，未知作書人，當時恃何標準以軒輊之？若撲天鵰李膺，其一也。

祝家莊恐水泊群寇借糧犯境，厲兵秣馬，深溝高壘，聯扈李二莊，共結生死之盟，論公誼，為國家守土，論私情，亦為鄉捽自衛。見義勇為，此正大丈夫事。讀《水滸》至此，輒為浮一大白。乃李膺首破盟約。於群寇三打祝家莊之時，閉門作壁上觀。使群寇少受一方之牽制，反以增加一分攻祝扈二姓之能力，祝家莊之亡，雖不盡由於李氏之廢約。然長城自壞，士氣必滅，乃軍家之大忌，正名定分，李決不能辭其咎也。

李氏與祝彪反目，非為祝氏曾捕時遷乎？時遷偷食村店之雞，本屬犯罪，祝氏罰之，業已不得謂非，而時遷甘冒不韙，自認將投梁山。是則敵人入境，尤所不赦。李果念及盟約，將楊雄、石秀一併擒縛，送與祝氏解之州牧，理也，亦勢也。而李聽其管家杜興之言，明知石、楊為投梁山而來，明知石、楊投梁山之後，必興大軍來犯，竟酒肉款待，贈金慰送。是何異敵國之優獎間諜，失主之勾通竊伙耶？梁山寇既來，獨不犯李氏莊上寸木寸土，人固知其彼此有所默契於心矣。

祝氏聯盟，祝太公隱為盟首，然其名不如宋江之聳動江湖也。祝為莊主，李亦為莊主。

祝聯盟之日，未嘗告李曰：將有術以博朝廷之知也。然宋江則告人靜待招安矣。招安，作官之別徑也。為李氏計，何去何從，不明若指掌乎？側目風塵，吾不忍責李氏矣。

（平）

朱仝雷橫（第十三）

朱仝、雷橫，何人？鄆城縣兵馬都頭也。都頭所為何事，緝捕一縣盜賊者也，給予都頭緝捕盜賊之權者誰？鄆城縣知縣也。知縣何為給予都頭緝捕盜賊之權？以國家有此法令，設此職務也。國家何為設此職務？以國家收有人民錢糧，應為人民剿除盜賊也。剿除何方盜賊？就朱仝、雷橫所供職之地方言，則應使鄆城縣內無盜賊也。鄆城縣內究竟有盜賊與否，則固有也。盜賊為誰？宋江、晁蓋、吳用以及王倫等是也。有賊何為而不緝捕？有者朱、雷不敢捕，有者朱、雷又實釋放之也。緝盜者與盜為友可乎？不可也。不可何故而釋放之？因視私誼重於公事也。何為視私誼重於公務？朱、雷則固視為此乃忠義所應為之事也。何為而有此謬誤思想？朱、雷本亦近於賊也。近於為盜之人，鄆城縣知縣何故令其為都頭？則知縣毫未料及也。知縣何故不知？則以通盜已使社會上成為常事，不易發覺也。何為有此趨勢，以人民惱恨貪官污吏，誤認盜賊為義士也。貪官污吏為誰？自蔡京、高俅以下，盈天下皆是也。嗟夫，然則朱、雷固無罪，罪在蔡京、高俅也。有罪者為太師，則罪又不僅於蔡京、高俅而已。

（平）

魯智深（第十四）

和尚可喝酒乎？曰：不可。然果不知酒之為惡物，而可以亂性，則盡量喝之可也。和尚可以吃狗肉乎？曰：不可。果不覺狗被屠之慘，而食肉為過忍，則盡量吃之可也。和尚可拿刀動杖，動則與人講打乎？曰：不可。然果不知出家人有所謂戒律，不可犯了嗔念，則盡量拿之動之可也。總而言之，做和尚是要赤條條地，一塵不染。苟無傷於彼之赤條條地，則雖不免墜入塵網，此特身外之垢，沾水即去，不足為進德修業之礙也。否則心地已不能光明，即遁跡深山，與木石居，與鹿豕遊，終為矯揉造作之徒。做人且屬虛偽，況學佛乎？魯師兄者，喝酒吃狗肉且拿刀動杖者也，然彼只是要做便做，並不曾留一點渣滓。世之高僧不喝酒、不吃狗肉，不拿刀動杖矣，問彼心中果無一點渣滓乎？恐不能指天日以明之也。則吾毋寧舍高僧而取魯師兄矣。

吾聞師祖有言曰：「菩提亦非樹，明鏡亦非台。本來無一物，何處著塵埃。」悟道之論也。敬為之與魯師兄作，偈曰：「吃肉胸無礙，擎杯渴便消。倒頭好一睡，脫得赤條條。」

（平）

武松（第十五）

有超人之志，無過人之才，有過人之才，無驚人之事，皆不足以有成，何以言之？無其才則不足以展其志，無其事又不足以應其才用之也。若武松者則於此三點，庶幾乎無遺憾矣。

真能讀武松傳者，決不止驚其事，亦決不止驚其才，只覺是一片血誠，一片天真，一片大義。惟其如此，則不知人間有猛虎，不知人間有勁敵，不知人間有姦夫淫婦，不知人間有殺人無血之權勢。義所當為，即赴湯蹈火，有所不辭，義所不當為，雖珠光寶氣，避之若浼。天下有此等人，不僅在家能為孝子，在國能為良民，使讀書必為真儒，使學佛必為高僧，使做官必為純吏。嗟夫，奈之何，世不容此人，而驅得於水泊為盜也。故我之於武松，始則愛之，繼則敬之，終則昂首問天，浩然長嘆以惜之。我非英雄，然惜英雄誰不如我耶？

好客如柴進，無間然矣，然猶不免暫屈之於廊下。只有宋江燈下看見這表人物，心下歡喜，只有宋江曰：「結識得這般弟兄，也不枉了。」然則舉世滔滔，又烏怪武二之終為盜於宋江之部下也。恨水擲筆惘然曰：「我欲哭矣！」

（平）

董平（第十六）

東平距水泊甚近，且為一府。守城官員其必戮力同心【二】，善為戒備，自屬必然。而太守程萬里，乃以拒與董議婚，日常「言和意不和」。其未聞廉頗、藺相如將相交歡之事乎？至圍城之日，董又提親，此分明前日之羊子為政，今日之事我為政也。在此要挾下，而程猶不悟，意謂議非其時，不知董平常日所求不得，此正求之之時。程不能於事前有以避之，又不能於事後有以羈之，而以打官話沮喪董之心，其愚誠不可及。觀乎宋江以董有萬夫不當之勇，攻城之前，猶先禮而後兵，程處危城，乃與歡喜冤家共捍國土，則其滅家之禍，直自招之矣。

至董平長處，於傳無所見，然明知東平重鎮，以兵馬都監微職坦然守之，且於其時欲舍三軍之懼，而求雙棲之喜，殆亦有勇無謀之徒也。唯其有勇無謀，太守不識，宋江乃得而用之矣。

（渝）

張清（第十七）

張清於東昌城外之戰，頃刻之間，以飛石連打水滸十五員上將，使宋江百戰之身，為之失色，而以比之五代朱梁王彥章。真有聲有色之一頁矣。然此技徒用之於臨陣鬥將耳。三軍勝負，固不取決於是也。故不數日乃卒為宋江帳前之階下囚。

觀宋室之用將也，如關勝之賢明，呼延灼之精勇，秦明之猛烈，無不一一齎糧於盜，則張清之身懷絕技，一戰而使宋江驚，再戰而被宋江用，亦未足奇也。為叢驅雀，為淵驅魚，固愚矣。然有雀有魚而不善用，即不驅之，亦終歸叢歸淵而已。

金兵之渡河也，斡離不嘆息宋室無人，謂以數千人守之，金兵即不得渡。然《水滸》諸酋，非自天降，則宋室豈真無人哉？（渝）

【一】見於《墨子．尚賢（中）》：「《湯誓》云：『聿求元聖，與之戮力同心，以治天下。』」

楊志（第十八）

吾聞之先輩，有老童生者，考至五十，而猶不能一衿。最末一次，宗師見而異之，當堂笑謔之曰：「鬢毛斑矣，猶來乎？」老童生曰：「名心未死，殊不甘屈伏耳。」宗師曰：「然則爾尚有不平，茲出一聯，爾且對之。」遂曰：「左轉為考，右轉為老，老考童生，童生考到老。」童生不待思索，應聲而對曰：「一人為大，二人為天，天大人情，人情大似天。」言訖，向宗師一揖，宗師笑而點其首。於是童生乃於是年入學。嗟夫，吾聞是事，乃甚嘆有本領人之無所不至，而求免於與草木同朽也。

若楊志者，將門三代之後，令公五世之孫，且復曾為殿前制使，願守清白之軀，顧一朝失所憑藉，乃至打點一擔金銀，求出身於高俅之門。更又屈身為役於蔡京女婿之下，早晚殷勤，聽候使喚，夫如是者何？非為怕埋沒了本領，不能得一個封妻蔭子耶？噫！制使誤矣，古今天下，盜不限鑽穴踰牆，打家劫舍之徒。有飲食而盜，有脂粉而盜，有衣冠而盜，等盜也。楊徒知在水滸落草，玷污清白之軀，而不知在奸權之門，亦復玷污清白之軀。水滸強盜，搜括銀錢於行旅，大名梁中書，則搜括銀錢於百姓，何以異耶？於水滸則不願一朝居，而梁中書十萬金珠之贓物，則肝腦塗地，而為之護送於東京，冀達權相之門。乃祖令公在九泉有知，未必不引以為恥也。

夫善能審是非如楊志，當無不知高俅為奸佞之理，知之而仍就之，正是為了舍此一條路，不易找出身耳。世無鍾期，卒至宋江得空冀北之群，可勝嘆哉！

徐寧（第十九）

人之子孫，襲祖父之基業，其所以自處之道有三，秉其智力，發揚而光大之，上也。兢兢業業不失所有，中也。守之不力，輕易失之，下也。若所承繼既毀，且降志辱身，人隨物盡，則破家之不肖子矣。

徐寧為御林軍金槍教頭。身懷絕技，名聞江湖。固上上人物也。然其鈎鐮槍法，非自習得，乃祖父所遺傳。故其上上人物之資格，非所自來，亦復祖父所傳予，平衡論之，此與屋子樑上紅皮箱內所藏之賽唐猊雁翎甲，孰貴孰賤，孰重孰輕，不待知者而後知。而徐之與甲也，朝夕呵護，重等性命。及甲為時遷所盜，一再追尋，雖有職守，在所不顧。對於祖先所授之物，可謂盡其保守之職矣。然其名為祖先之餘蔭，則忘之。其身為祖先之遺體，亦忘之，一旦被賺入山，三言兩語，即隨綠為盜。是視甲不能歸於竊賊，而身則可歸於強盜也。本末倒置，亦甚矣乎！

封建之世，保守祖先基業責任之重者，莫如天子。試以天子言之，成也，當如漢光武，起自農畝，卒挽劉家將墮之業。敗也，當如明崇禎，散髮披面，縊死景山，以示無面目見祖宗於地下。若古今兒皇帝之流，雖幸得苟延殘喘，豈徒玷辱先人，更為其子孫遺羞耳。因論徐寧，不禁感慨系之。（寧）

索超（第二十）

大名梁中書手下，有三個武將，計為大刀聞達，李天王李成，急先鋒索超。此三人以索氏之武藝最佳，亦以索氏之地位最低，於是獨索氏降順梁山。宋江固善於籠納人物，而亦梁中書未盡其用，有以致之耳。試觀東郭爭功之日，索與楊志比武，虎躍龍驤，幾無高下，則其出色當行，諒亦必由楊氏於宋江前屢屢言之，故宋江之打大名，不欲之致李成、聞達，而唯生致索超。此蓋言梁中書失一楊志，即不免又失一索超。擴而言之，東京失一林沖，即不免失卻關勝、秦明、呼延灼、董平、張清無數武將。否則彼等縱戰而不勝，亦必敗而不降，今宋江遇諸人，一拍即合，是宋室之養士，故不如區區後面小吏能以江湖義氣動之矣。

索超之被擒而降也，與楊志話舊，各各流淚。此不僅「乍見渾疑夢，相逢各問年」而已。若曰：「吾人爭功之日，固謂一刀一槍，博個邊疆出頭之日也。庸知今日把晤於盜藪乎？」區區數字，讀者極易放過。實則此真作者有深意處，而畫出末路英雄一掬無可奈何之淚也。悲夫！

（渝）

戴宗（第二十一）

神行太保戴宗，庸材也，亦陋人也。既庸且陋，乃於水泊中得膺天罡之選，則不過以其有神行術之一技而已。此一技之長，宋江、吳用，以至其餘一百零五人，何以如此尊重之？是則於水滸每有所舉動，必須戴宗來往奔走，有以知其然。故人生懷技，不可不專，專亦不可不適於環境之需要。請反言以明之，使梁山而無戴宗之人，則所有大舉而不克成者，將十去其五六矣。一身而繫全山事業之半，焉得而不為人所重乎？

秦之圍趙也，而信陵君竊符救之。然直接竊符者，如姬也。一弱女子而存趙氏宗社矣。劉邦之困於鴻門也，項伯救之，然載劉脫險者，則一馬也，一馬而開劉漢數百年基業矣。人與物之得用，貴在其時，貴在其地，且貴得其遇，否則墨翟與魯仲連，空有救世之心，終其身在野而已。此戴宗在潯陽當節級，不過為走卒，而入水泊則為頭領也，以是論今居要踞津高位者，可以悟矣。

或曰：「神行之術，其理不可通，戴根本不能有此技。」此則另為一事，必鑿鑿言之，水滸且不得存在，況吾小文乎？

（渝）

劉唐（第二十二）

一條大漢，赤條條睡在靈官廟供桌上，此便能認為是賊乎，不能也。不能認為是賊，而雷橫固已認劉唐為賊矣，雷橫其誤乎？夫雷橫職任都頭，緝賊者也，緝賊者認為是賊，則其人必具有可認為是賊之道？然則雷橫之誤，殆又不得認為有意害劉唐是賊也。且劉唐之來，在奔投晁蓋，送上一套富貴，此富貴指劫生辰綱而言，其行為乃盜也。盜且勝於賊焉。是劉唐赤條條一條大漢，有於內而形諸外，真有賊相者也。有賊相矣，且真為賊矣。緝賊者識而捕之矣。是雷橫固未嘗誤也。

雖然，雷橫固未嘗誤乎？誤也。知劉唐是賊而捕之矣，何故以晁蓋認為外甥，即放之耶？非晁保正之甥，赤條條睡在靈官廟供桌上便是賊？便擒之而送於當官。是晁保正之甥，即赤條條睡在靈官廟供桌上，便不是賊，便私行釋放之，天下有是理也耶？雷橫真誤之又誤矣！

雷橫誤之又誤矣。而劉唐則不以此誤之又誤為誤也。晁蓋亦不以此誤之又誤為誤也。蓋劉唐不以其坐預謀劫盜為賊也，晁蓋亦不以其坐預謀劫盜為賊也。不以為賊，則劉唐得以其人為是矣，亦得以赤條條夜睡在靈官廟供桌上為是矣。蓋梁山一百零八好漢，都復如此也。吾人真不敢以主觀之眼光想天下士矣。不然，鄆城縣月夜走劉唐之時，身穿黑綠羅襖，肩背包裹，誰又敢而賊之者？人而彼賊相，固不在相也，於此可以論劉唐矣。

（平）

李逵（第二十三）

《聊齋誌異》，雖為妖怪之說，實亦寓言之書。得其道於字裡行間曰狐曰鬼，何莫非人也。十年來未讀此書，大都不甚了了，然於考城隍一則中之八字聯，則吾猶憶之。其聯曰：「有心為善，雖善不賞。無心為惡，雖惡不罰。」此真能鏟除天地間虛偽，一針見血之言。若以論於黑旋風李逵，則實公平正直，一字不可易者也。

李二哥一生，全是沒分曉，親之則下拜，惡之則動斧，有時偶學壞人，以使小刁滑，而愈學乃愈見其沒分曉。此種人天地間不必多，有了而亦不可絕無。有此等人而後可以知惡人之所以惡，知偽人之所以偽，知好人之所以好，知善人之所以善，知信人之所以信，知直人之所以直。願天下人盡是此等人。則誅之為殺不辜，勸之又教人為惡。竊以為水滸中有此人，只是要為宋江、吳用輩作對照。如宋江打城池，必曰不傷百姓，李則只知使出強盜本性，亂砍亂殺。故李之惡，至於盜劫而止，宋則為盜之餘，且欲收買人心。於是如何以論宋、李人格之高下，蓋顯然可見焉。

俗好以天真爛漫四字許人，仔細思之，談何容易？竊以為如李二哥者，庶幾當之無愧。蓋李不僅是一片天真，而其秉天真行事，實又賦性爛漫者也。

（平）

史進（第二十四）

史進在未遇王進以前，不過能耍花拳之鄉間紈絝，既遇王進之後，武藝猛進，人亦成為大好身手之健兒，真克傳衣鉢之佳子弟也。金聖嘆以為史進只是上中人物，因《水滸》後半寫得不好。後半寫得好與否？吾且置之不問，然而彼釋放陳達時，自忖自古道大蟲不吃虎肉，吾不免為之擊節三嘆。蓋據吾所見，不必大蟲吃虎肉，惟大蟲能吃虎肉，始見大蟲之肥，亦始見大蟲之威，史大郎獨肯不吃虎肉，即以大蟲論之，亦不失為好大蟲者也。

當今之時，一國之善士，不得矣。一邑一鄉之善士，又何嘗時有？不得已而思其次，則同黨同類中能稱為好人者，以鳳毛麟角觀之，不為過也。若九紋龍史大郎，似可視為鳳毛麟角矣。

史大郎猶不止此也。乃為釋放少華山強人之故，至傾其家而無怨言，真孔氏所謂與朋友共，敝之無憾之志。而其為少華山毀家之後，朱武等勸其落草，且直斥之為「再也休提」，只是去關西尋師傅王進。比較之一百八人中因失業而沒落為盜者，尤未可同日而語矣。惜哉！史赴延州乃未尋見王進，卒至於為百八人中之一也。

（平）

穆弘 穆春（第二十五）

穆弘、穆春，揭陽鎮上富戶之子也。年富力強，復有賢父，就其境遇言之，正可為善。而乃接近盜匪，成揭陽嶺上三霸之一。若就尋常人情言之，於理必不可解。但吾人讀《水滸》，細數其中人物，貴如柴進而為盜，富如盧俊義而為盜，甚至智勇兼備，系出武聖如關勝亦為盜，是率各階級人物而無不甘為盜也，則豈個人心理變態之所致哉？

當薛永在揭陽鎮賣技，因未向穆氏兄弟投拜，二穆但禁人為之破鈔而已。乃宋江與銀五兩，穆春始認為滅卻揭陽鎮上威風，揮拳而與之較。則其初意，乃在抑制強者，少年血氣方剛，其罪猶小。乃吊打薛永，追逐宋江，張橫在江上相見，且認為欲奪生意。則穆氏弟兄，身居民家，縱橫鄉里之餘，殺人劫貨，必引為常事，既非飢驅，更非勢迫，稱霸鎮上，乃以是自榮。平明世界，是何現象？而鄉里不以為怪，且唯命是聽。國之將亡，必有妖孽，其事之謂歟？

故世人民苦悶，不免推崇游俠，以洩胸中之積憤。末流所趨理智悉不克抑制情況，遂至倒行逆施，以橫暴為勇敢，以違法為革命。而富貴之家亦以徑做盜殺人為榮譽矣。二穆蓋苦悶社會中之人耳，尋本探源，此有大問題在。（寧）

李俊（第二十六）

李俊為潯陽江上三霸之一，平民而以霸稱，自非善類。但據其自言，只是以掌船作艄公為主，則較之張橫、李立之以殺人劫貨為業，自勝一籌矣。然亦僅僅只能勝此一籌耳。蓋彼終年與殺人奪貨者為伍，已等國法人道於無物，為大惡之人，亦為大忍之人也。唯其為大忍之人也，雖終年與盜為伍，而尚未親身為之。獨惜此等人置之潯陽江而稱平民之霸耳，若使之走絕域，守孤城，或亦不難為蘇武、張巡之徒也夫！人生此世，不得其遇，不得其伍，雖堅苦卓絕，亦無可稱者，於李俊悟之矣。

吾言誇乎？否也。請以李之對宋江之言證之。彼曰：「只要去貴縣拜識哥哥，只為緣分綿薄，不能夠去，今聞仁兄來江州，小弟連在嶺下等接仁兄五七日了。」其思賢如渴若此，而亦可見其做任何一事，皆極有耐心與毅力者。設非其日日奔上揭陽嶺來，引起李立之一問，幾何宋江不為饅首餡兒也哉？「桃花潭水深千尺，不及汪倫送我情。」宋江真可為李俊詠矣。而宋江於李，不及視武松、李逵、戴宗也。殆以其人堅忍，聲氣有所未同歟？

陳忱作後《水滸》，使李作暹羅國王，蓋真得其意者。京劇《打漁殺家》，亦謂李已成隱士，居於太湖，意亦相同。此殆得之於逸本《水滸》而已不傳者。故論李之人品，實已勝過諸水路頭領。雖然，善讀《水滸》如金聖嘆亦未及知。是固不能責之一般讀泊學者已。

（渝）

三阮（第二十七）

四五月間，綠陰濃遍。農家石榴，高齊屋檐，於牆頭作花，以窺行人。花點點如火，在綠陰中，至為嬌媚。嘗於此際，設短榻野塘堤上，臨風把《水滸傳》讀之。至吳用入石碣村說阮一段，環觀佳樹葱蘢，疑吾鬢邊插一朵石榴花。頗思水上打魚，村店吃酒，亦是人間一件樂事，何必一定要去做強盜。使吳用不來說其劫生辰綱，則阮氏三弟兄，終其身為漁夫也可。然則不識字人，誠不可與秀才交朋友也。

雖然，物必先腐而後蟲生，使阮氏弟兄自始便如楊志、盧俊義，以失身為盜可恥，則吳用雖有懸河之口，又豈如阮氏弟兄何？阮小二曰：「我兄弟三人的本事，又不是不如別人，誰是識我的？」阮小五、阮小七亦曰：「這腔熱血，只要賣與識貨的。」由是言之，三阮之不免為盜，實有本事有以累之。此孟子所以嘆小有才未聞大道為殺身之禍歟？我又甚嘆來說三阮者，非王進其人。使果為王進，則或亦不難同往投效老种經略相公，在邊疆上作些好男兒事業也。

（平）

張橫（第二十八）

「老爺生長在江邊，不愛交遊只愛錢。昨夜華光來趁我，臨行奪下一金磚。」此船伙兒張橫，夜渡宋公明，在潯陽江上所唱之歌也。江流浩浩，星光滿天，茫茫四顧，不知去所，當宋江聞此歌時，誠有心膽俱碎者。然其卒也，因李俊之來救，張橫至向宋五體投地，則又愛交遊不愛錢矣。吾以為天下真不愛錢者，必不肯掛諸口頭，反之，以愛交遊掛諸口頭者，又未必不愛錢。若船伙兒張橫所言，為小人而不諱為小人，尚覺直截痛快耳。觀於其忽然與宋江為友，且執禮甚恭，則知不愛錢掛諸口頭者，有時尚能不愛錢也。

人之於錢與交遊，金聖嘆分三等論之。太上不愛錢，只愛交遊。其次愛錢以為交遊之地。又次愛交遊以為愛錢之地也。吾以為今日情形，絕不如此，應當曰：「太上愛錢，以為交遊之地。其次愛交遊，以為要錢之地。又其次，則只知愛錢，不知所謂交遊。」若張橫者，口中又道得出「交遊」二字，則是知天下尚有交遊一事。知天下尚有交遊一事，故能納李俊之言，而全宋江之命。若以今日不懂交遊只愛錢者言之，吾取張橫矣。

愛交遊不愛錢者，世已絕無，愛錢以為交遊之地者，又有幾人？若夫愛交遊以為要錢之地者，初不失互惠主義。吾人對之猶覺差強人意也。

（平）

張順（第二十九）

市井有俗語曰：「烏龜變鱉，好亦有限。」此於張順觀之矣。張順與其兄張橫稱霸江上時，橫擺渡，順喬裝客商，與行人相雜登舟。既至江心，橫拔刀訛索，每客須錢三貫。順故作不從，橫乃顛之於水。全舟人懼，一一與錢而後已。順固能在水久居者，潛泳上岸，與橫共分贓款用之。後改行，橫攔劫江上，順則在潯陽江邊當魚牙子。宋元人所謂牙子者，為買賣兩方論質量，平價值。既成，於中博取微利者也。此本寄生小蟲，當聽命於人。順不然，隱然為魚販之魁，彼未至江濱，縱有貿易，無或敢成交，此何以故？非因其盜性未改，善游泳能殺人乎？順不為盜，與盜固相處不遠也。

狼子野心，順何足責？然潯陽知府蔡九，宰相蔡京兒子也。蔡京執政，群賢避位，舉國側目。兒子以父貴，其氣焰可知，而肘腋之間，乃巨憝潛伏，毫無聞知。作《水滸》者處處說強盜，何嘗不是處處說朝廷乎？當是時也，外則金夏並興，胡馬南窺。內則群盜如毛，民生凋敝，蔡京方培植私黨，專圖利己。遂至如生藥店商及魚牙子者，亦能橫行郡邑之間。觀於其吏治，則宋之亡，又豈岳飛、韓世忠一二人所能挽回哉！嗚呼！

（寧）

楊雄（第三十）

《水滸》人物，多有個性，楊雄則無個性。《水滸》人物，多有決斷，楊雄則無決斷。故其娶寡婦潘巧雲也，而家中能允其為前夫王押司作二周年功德。及其遇石秀也，而於街頭打得破落戶張保見影也怕。使非好事之石秀必欲其作個好男子，難免其不為武大第二也。

果爾則楊無負於潘巧雲也，是又不然。夫男子富餘佔有慾者也，封建之世，而此慾尤發揮特甚。娶寡婦而許其惦念前夫，今社交開明之日，猶所少見。在趙宋之年，楊竟能許潘巧雲齋戒素服，招少年僧人超薦其前亡夫於家，揆之人情，實所罕見。況此少年僧人，又乃岳潘老丈之乾兒乎？凡此種種，勢必潘氏習其無個性無決斷已久，故坦然為之耳。於是而向報恩寺還心願矣，於是而後門口半夜有僧人出入矣，於是反以言激之而出石秀矣。是則楊雄之辱，楊自取之耳。

中國人講中庸之道，於夫婦之間，若背中庸而出乎中國人之人情，則其不僨事者蓋鮮。吾不圖於《水滸》中得其證也。

（渝）

石秀（第三十一）

朋友之妻犯淫，朋友看了不快，一怪也。看了不快，直告其夫，謂日後將中其奸計。豈天下淫婦，皆有殺夫之勢乎？二怪也。其夫反謂告者有罪，告者止於證明而已。而代為殺姦夫，更且殺姦夫之黨羽。此皆與朋友何事？三怪也。既殺人矣，既得表記矣，冤亦大矣，為朋友謀，為自己謀，似已無可再進，而斷斷然必勸朋友之殺其妻，四怪也。夫楊雄自姓楊，石秀自姓石，潘巧雲自姓潘，本已覺此三人，無一重公案構成之可能，若至於迎兒，則不過小兒女家聽其主人之指使。苟有小惠，似不可為。而翠屏山上，石秀亦必欲楊雄殺之。嗟夫！何其忍也。

石秀自負是個頂天立地漢子，讀書者或亦信之，然而至於人可上頂天，下立地，則天地之間，所謂人者，又當如何處之？吾於是觀石秀，未見其有容人之量也，人而不能容人，而謂可以頂天立地，無此理也。無此理，而石秀居之不疑焉。吾未能信石秀是一漢子也。

然則為石秀者當何如？無禮之家，理應不入，入之而遇無禮。能代朋友消滅之為上，其次則潔身遠去，乃必跳入是非之圈，更從中以明是非，此固下策也。雖然，為楊雄計，則與潘巧雲絕，亦計之得耳。

（寧）

解珍 解寶（第三十二）

人而以兩頭蛇、雙尾蠍名之，其為人可知矣。然觀於其兄弟本傳，不過登州兩獵戶，初無何毒害加於社會也。無何毒害加於人，而人以蟲豸中之最毒辣者以綽號之，得毋冤乎？予重思之，是決非無故。

《水滸》人物之諢名，或取義於其行為，或取義於其職務，或取義於其形狀，或取義於其技藝，是是非非，各有深意，決非風馬牛之不相及。解氏兄弟，孔武有力，狀貌魁梧，問其業，則又以獵狼虎為生。是則鄉黨之中，人不敢輕攖其鋒，所不待論。人既不為鄉黨所親，是則名之曰兩頭蛇、雙尾蠍，亦無不宜矣：古人觀人不得，常以求之於其友。今解氏之姊曰母大蟲，與其夫孫新，開設賭場，稱霸一鄉。是解氏兄弟之為人已可知，而其親友一聞其冤，即出之以劫牢反獄，則其徒之悍不畏法，當不自今始。解氏與不法之徒為親友，其人更可知也。或曰：「夫既如是，毛太公何以故犯而逢其怒？」曰：「毛太公土劣類也。土劣易與無賴合，亦易與無賴哄。使其如有綽號，亦不外毒蛇猛獸之列，故彼公然欺之，公然陷之，實無足怪。名解氏為兩頭蛇、雙尾蠍，正所以狀毛太公之更有甚於蛇與蠍也。」讀者疑吾言乎？稍稍察窮鄉僻野中之土劣，可以悟也！

（渝）

燕青（第三十三）

百里奚在虞不能救虞之亡，在秦秦因之而霸，非百里智於秦，而昧於虞，虞不能用其智也。燕青有過人之材，智足以辨奸料敵，勇足以衝鋒陷陣，而盧俊義不能用，俳優蓄之，童廝目之，而終以浮蕩疑之焉。良禽擇木而棲，士為知己者死，青未免太不知所擇所為矣。且當盧自梁山歸家之日，青敝衣垂泣，迎於道左。其所得者非主人之憐與信，而乃靴底之一蹴，尤令人仇忿不平。而青始終安之，更能乞得一罐殘羹冷炙，以送主人之牢飯。何許子之不憚煩也？吾知之矣，青豈非以盧曾衣食之於貧賤，恩不忘報，而不忍視其入於好人之手乎？「疾風知勁草，板蕩識誠臣。」吾又知松林一剪，燕之幸，而其心實未必欲如此也。

嗚呼！才難，才而得用，能盡其長，尤難。良材屈於下駟，不逢伯樂，驅捶而終，古今豈淺鮮哉？吾於燕青，不勝感慨系之。

（寧）

地煞篇

朱武（第三十四）

七十二地煞之首，傳曰地魁星神機軍師朱武，以史家定義言之，則亦予之之深矣。唯朱之韜略，除開卷第一回，向史進行苦肉計外，在梁山並無表白，讀者往往疑之。似朱若空有其名者，不知此正朱之才智未可及處也。蓋言其地位，排在次班交椅，言其職務，責在襄贊軍機。若果越俎代謀，謀之如善也，必使吳用減色，非所以自處之道。謀之如不善也，則徒為兄弟所笑不自量力矣，況其才固實不啻吳用遠甚乎？

京戲中角色，有所謂硬裡子者，非戲學有數十年深邃工夫，不能充任。然其職務，則僅為名角配戲，登台奏技，平淡無疵，倒不得賣力要彩，免遮掩名角光輝。老聽戲者，雖極為之苦悶，而彼等則安之若素。蓋打破硬裡子紀錄，必欲得彩，則須一帆風順，由此躋登名角之林。否則終身無名角與之配戲，將失卻啖飯地，京戲中固少此戇人而作冒險之一試也。朱武實其徒焉。

昔《戰國策》有云：「寧為雞口，無為牛後。」後世英雄，奉為立身不易之則，自是有故。然雞口豈得人人據之？故牛後中千古來不知埋沒無數英才也。吾人甚勿輕視一切居地位之副者。

（渝）

黃信（第三十五）

姓王者多名佐才，姓梁者多名國棟，非真個個王佐之才而國之棟樑也，心嚮往之而已。黃信為青州都監，以境內有清風山、二龍山、桃花山三處盜窩，乃取號鎮三山。此較之自負國棟王佐者固謙遜多多，而其卒也，一山未曾鎮得，而在清風山前，只一次交鋒便落荒而逃，是亦可見自言抱負之不易矣。更有進者，黃曾告之秦明，不知前日所解囚車中張三是宋江，否則亦必自行從之。於是又可知黃雖欲鎮三山，其思想於三山中頭領亦正相同。使宋江早為三山任何一山為魁，黃不難並慕容知府之首級與青州城池共獻之矣。平盜云乎哉！

孟子曰，先生之號則不可，知不可者果幾人？吾人慎善於姓名中取人也。

（寧）

孫立（第三十六）

孫立為登州提轄，而其弟孫新，乃在東門外開賭坊。此非謂手足之間，賢不肖相距如是。須知孫新夫婦為十里牌一霸，正有賴於其兄之掩護也。當顧大嫂以劫牢反獄之說告孫立時，彼雖略有不然，及願以吃官司連累眷屬相挾，即連呼「罷罷罷」三字以從之，則可知平日為胞弟孫新妻弟樂和所包圍，其委曲依順者，必更僕難數。否則勸守土之官背反朝廷，是何等事！顧大嫂為一平凡之婦人，安得無所顧忌以要挾之乎？試觀創此說者為其妻弟樂和，又可卜木朽蟲生之為來久矣。

當趙宋之中年，文官荒淫貪污，固彰彰載之史冊矣。至武官之腐化惡化，則為史家所忽略。而地方軍人，勾結流痞，縱放奸宄，猶未有人有所申論。自讀《水滸》，乃知武官之無惡不作，正與當時之文吏相等。登州劫獄，短短一篇插筆，非為解珍、解寶、孫新、顧大嫂等人，亦非寫孫立，盡暴露當日地方軍人醜態之一斑耳，此吾人讀孟州張都監張團練陷害武松之餘，可以細玩此插筆者也。世有責孫立未能大義滅親者，便是呆漢。盈天下地方武官，無非如此云云，孫竟能獨清獨醒乎？元祐皇后之徵召康王構詔書開宗明義，即曰：「歷年二百，人不知兵。」誠哉，其不知兵也。

（寧）

宣贊（第三十七）

梁山兵圍大名，梁中書告急於東京，蔡京、童貫聚議相府節堂，而眾官面面相覷無敢言此。獨宣贊於步軍太尉之後，挺身而出，保薦關勝解圍。只此一事，已令人不勝感慨系之。而問宣之官職，則衙門防禦保義使，殆亦今日衛隊團長之位而已。偌大東京，只有一保義使有平盜之策，只一保義使識關勝，天下事何須多言哉！

至宣之屈為保義使也，則用連珠箭勝了番將，被王爺招為郡馬，不幸面貌醜陋氣死郡主，遂至不被重用。此在宣贊，可謂得鹿招禍，人情如此，亦無足怪。特未知此王是誰，獨能不以貌取人。以意度之，當不外徽宗兄弟行。使其人代趙佶為帝，則決不會用童、蔡輩，趙氏固未嘗無人也。吾哀宣贊，吾哀此王，吾固更哀趙氏之天下。（平）

郝思文（第三十八）

智勇如關勝，屈為蒲東巡檢，自是令人一嘆。而郝思文翹然亦一將才，乃四海之內，無所託跡，只能投此巡檢小衙，閒話拌食，更可嘆已。世固以拌食為男兒可恥事，若郝思文之拌食，安得而嘲笑之乎？縱有可恥，可恥者不在郝氏本人也。使關勝不遇宣贊之保薦而終屈下僚，郝思文是否長此倚靠巡檢小衙，誠未可料。然當關勝被擒梁山階下，回顧郝思文、宣贊，謂「被擒在此，所事若何？」而二人同稱願聽將令，是郝之良禽擇木而棲，頗不易舍去關氏。此殆關氏所謂「君知我則報君，友知我則報友」也歟。世皆中行氏，乃使無限豫讓，都逼上梁山，吾人誠不知為誰何哀也。

（寧）

韓滔　彭玘（第三十九）

昔曹操、劉備煮酒論英雄，劉以袁紹兄弟為五世三公，特首薦之，此雖劉故作痴聾，而以身份論人，固久為賢者所不免矣。韓滔、彭玘隨呼延灼平梁山，分任正副先鋒，且均現任團練使，以資格論之，自不為低，然觀其本領也，彭氏出馬一戰，即為一丈青所擒。韓被擒雖在大破連環甲馬之後，初亦無斬將奪旗之功，均庸才耳。乃石碣宣名，二人高居地煞第六、七名，位在扈三娘、杜遷之上。而扈、杜二人，則曾擒韓、彭者也。此非謂宋江因其身份固高有以提攜之，不可得矣。

夫宋江善用人者也，善用人者亦必審查履歷，重視其銓敘乎？以意度之，宋殆以韓、彭為降，特假以詞色，以廣招徠而已。然使韓、彭非團練出身，徒以小弁投降，此高位不可得也。觀於同時投降之凌振可以知之。而天下無限英雄，惆悵於銓敘機關之外者，可以歸之於命運，毋庸為之嗒然若喪矣。

（渝）

單廷珪 魏定國（第四十）

「蜀中無大將，廖化作先鋒」，平梁山軍馬，至於僅用單廷珪、魏定國，策斯下矣。單以決水擅長，魏以放火擅長，乃並稱「水火二將」。然決水放火之戰，限於天時地利，非可隨時有為，故其來也，關勝慨然自願領一支小兵遇之，大有目無全牛之概。而不出關氏所料，果以兩次會戰，即收服之。是蔡京所謂「如此草寇，安用大軍」，而以肅清山寨，責之二人，真卮酒豚蹄而祝禱豐年也。蔡京知才而不能用，用才而又不知，乃徒為梁山添兵益將，不若草寇遠矣。

單告關勝謂魏為一勇之夫，其實單之無謀，亦等於魏，蓋以呼延灼、關勝之失敗於前，初無戒心，而乃恃水火末技，以平寇自任，均非知己知彼者。使單、魏而可平水泊，則水泊之平久矣。棘門壩上，有類兒戲，此正宋室之所以使水泊坐大也。

（渝）

蕭讓 金大堅（第四十一）

《水滸》諸雄，有秀才三人，吳用、蕭讓、金大堅是。古人亦有言，讀聖賢書，所學何事？吳、蕭、金讀書之餘，乃一變而為打家劫舍，此可見朝政不綱，無人而不能為盜也。吳用懷才不遇，遂蓄異志，無論矣。蕭能讀文，金能刻石，一藝之長，足餬其口，奈之何而亦做賊，若曰為梁山人所劫持，不得不如此。則士重氣節，寧不能一死了之？吳用曾引彼為好友，則物以類聚，想蕭、金素亦非安分之徒耳。

詩人亦有云：「負心多是讀書人。」又云：「百無一用是書生。」吾人縱不作苛論，覺秀才之輩，鮮非蠅營狗苟者流，或依傍權貴而忝為食客，或結朋黨而濫竽士林，或作豪紳而橫行鄉里，但全性命無所不可。封建之世，本重士人，此輩即利用此士字以濟其惡，蕭、金託跡於盜，固亦相處不遠也。

宋江欺騙梁山諸盜，妄託天降石碣，書一百八人為星宿下凡，而自列為首，以示彼為領袖，屬於天命，藉堅眾心。天本無降石碣之理，此吳用計，蕭讓所書，金大堅所刻，其負梁山一百另四人，不下於宋、吳也。此等書生，但知逢迎權豪，以圖富貴，本不足與之言氣節。然趙宋晚年，方講理學，作《水滸》者，其有所譏也夫！

（寧）

裴宣（第四十二）

其人名鐵面孔目，是必確守道德，嚴遵法律之賢士。而確守道德，嚴遵法律者，猶必為盜以求其生存，是真京戲《翠屏山》中道白，人心大變也已。

裴宣之為盜，出之鄧飛口中，謂其為京兆人士，乃本府六案孔目，忠直聰明，分毫不苟。因朝廷任一員貪吏到府，故與尋隙，刺配沙門島。當其路過山下，鄧乃劫之，而尊之為一寨之主。由是言之，裴落草之始，猶非出於本心，如不遇鄧飛，殆必老死沙門島者。使果老死沙門島，又復誰知其一腹經綸，一部恨史，如即李陵勸蘇武語，盡節窮荒，世無人知者也。鄧飛之勸裴入伙，當亦不外此等言語耳。雖然士君子抱道在躬，寧死不污不屈，求其心之所安而已，初非在求人知也。裴究為刀筆吏，不能以此語之，此千古來不易於公門中覓理學先生也歟。

至裴入梁山，始終執掌法曹，此則宋江用人，求其近似，未可深論。否則上風放火，下風殺人，百零七人，將無一能為鐵面無私者所許可，裴尚能一日留乎？在滿清之末年，予嘗參觀文廟丁祭，私窺其階前衣冠濟濟者，無非貪污一群。祭畢之後，且有學官講《大學》一章。當時年稚，不知所謂，今日思之，正與梁山之有鐵面孔目，同堪絕倒也。於是裴宣在梁山之仍以鐵面孔目稱，乃不必認為荒誕。

（渝）

呂方 郭盛（第四十三）

對影山呂郭比戟一場，有聲有色，情文並茂，無限讀《水滸》者皆思其將為水泊中二位風雲兒矣。蓋其出場姿態，固不亞於柴進、花榮也。乃至山後，始終只為宋江護衛，居次排弟兄第十九、二十名，遂又使無限讀者為之短氣，為之失望，為之咨嗟太息，最後天降石碣，後定名曰地佐星、地佑星，竟命裡注定是中軍帳前的兩值班小將，客氣言之，虎頭蛇尾，不客氣言之則銀樣蠟槍頭云耳。

雖然，呂方數典不忘祖。自名小溫侯，使有丁建陽、董卓而事之，求仁得仁，猶可恕也。而郭曰賽仁貴，白袍運戟，不遠千里而來，覓呂方以較量之，盛氣虎虎，固有薛氏遺風焉，而一箭解圍，反終身隨呂以事宋江，前後判若兩人，未可解也。郭何以不亦取《三國》故事而曰賽典韋乎？是則半斤八兩得其配矣。或曰：「呂郭未可訕笑也。」夫攀龍附鳳，所難得者即與頭腦朝夕相處耳。使宋江而得為劉邦、朱元璋，彼亦樊噲、沐英之流也。反之樊噲、沐英而不遇機緣，亦終為淮泗間之細民而已。或求呂、郭之使一宋江而未得也。「將相本無種」，豈僅在努力一方面觀之哉。張子於是乎喟然長嘆！

（渝）

王英（第四十四）

昔老蘇論三國，謂人主須有知人之明，用人之才，容人之量，而劉孫曹，皆不全有，遂終於無成。若以此論宋江，則幾乎能兼之矣。試觀《水滸》一百零七人，品格不齊，性情各異，而或重情義，宋即以情義動之，或愛禮貌，宋即以禮貌加之，或貪嗜好，宋即以嗜好足之，於是指揮若定，一一皆為其效死而莫知或悔。是故王英好色能輕生死，宋即處心積慮，覓一扈三娘予之，未足怪也。不僅予之而已，且使扈拜宋太公為父，以增高其身份，儼然周公瑾所謂「內託骨肉之親，外結君臣之義焉」。宋之用人手腕，真無孔不入也哉！

謂梁山而下下等人物，則矮腳虎王英之流是已。以燕順之殺劉高知寨夫人，王竟不惜提刀與之火併，重色如此，薄義如彼何足言也？而宋江究以彼是一個武夫，卒滿足其欲望而別用之。以後下山細作，常常差遣此一長一矮之夫婦，深知之也，深用之也，亦深容之也。對一下下人物如王英者，猶不使有所失望，他可知矣。《水滸》何嘗寫王英，寫宋江也。

（渝）

扈三娘（第四十五）

《水滸》寫婦人，恆少予以善意，然一目了然，初無掩飾。若深文周內，如寫宋江以寫之者，其惟一丈青扈三娘乎？

扈三娘，扈太公之女，祝彪之未婚妻也。梁山眾寇打祝家莊，祝扈李三家聯盟拒敵，扈方以一丈青大名，揮刀躍馬，馳騁戰場，當其直撲宋江，生擒王英，何其勇也。及既被俘，一屈而為宋太公之女，再屈而為王英之妻，低首俯心，了無一語，判若兩人矣。當是時，祝家莊踏為齏粉，祝彪死於板斧之下，扈夫家完矣。扈家莊被李逵殺個老少不留，扈成逃往延安，扈父家又完矣。扈不念聯盟之約，亦當念殺夫之仇，不念殺夫之仇，亦當念亡家之恨。奈之何赧顏事仇，認賊作父，毫無怨言哉？息夫人一弱女子也，惜花唯有淚，不共楚王言，後之人猶不免以艱難一死譏之。扈三娘有萬夫之勇，而披堅執刃，隨征四戰，復仇脫險之機會甚多。乃觀其屢次建功，絕無二意，作《水滸》者對之不作一語之貶，正極力貶之也。

或曰：「扈當死而不死，可去而不去，甘為盜婦，果何所取。」曰：「以理度之，其始必戀於梁山之一把交椅，其繼則惑於宋江招安之言，而另圖榮寵。」古不有殺妻求將者乎？則扈亦反其道行之而已。

（平）

陶宗旺（第四十六）

《水滸》群酋，大半屬於細民，而真正以農家子參與者，則止一陶宗旺。嘗究其故，原因有三。中國農人，大都樸厚可欺。遇其時也，日出而作，日入而息，不知所謂太平何自也。如其不遇，則貪官污吏土豪劣紳，均得而奴役之，生平即未曾夢及反抗，故亦不能反抗，《水滸》人物所為，非其所知，其一也。近世史家，稱陳勝、吳廣之徒，為農民暴動。然亦究非農民起自田間，陳、吳以死挾役民而起耳。以暴秦之虐政，猶不能激農民而起，則趙宋之荒淫，自亦彼等所能忍受，其二也。中國農人，聚族而居，各有室家之累，田園之守，奉公守法，唯恐不謹，即犯法亦無所逃避，安得而有逃命江湖打家劫舍之意乎？其三也。

陶宗旺之加入歐鵬一伙為盜，未知其始何自。觀其人仍若謹厚一流，則或亦不外所謂受「逼上梁山」之一通。以不易犯法者而究犯法，則其被逼之深且重可想，惜論《水滸》者，竟未能為之特立一傳也。且有進者，宋人尚未以龜為罵人之詞，陶綽號「九尾龜」，似形容其蹣跚人群，而略有後勁者，則其人殆亦不過略勝於武大而已，證之《水滸》分配職務，使之監工土木，必有力而忠厚者。若論其究不免為盜，其真漢人之視劉秀，「謹厚者亦復為之矣」。於芥子中見大千世界，吾因之深有感焉。

（渝）

宋清（第四十七）

梁山一百零八人，少數原來為盜，多數則不得已而為盜。然無論其原來為盜否也，皆必有一技之長，足以啖飯。而吾與宋清，則無以別之。當宋江之在鄆城為吏也，宋清寄食家庭，無所事事。及宋江之身為盜魁也，宋清奉父入山，濫竽混食，又無所事事。試執而問之曰：「客何好乎？」答：「無所好也。」「客何能乎？」「無所能也。」無所好與無所能，在一百八人中，居然坐上一把交椅，梁山人才薈萃，智勇兼全者比比是。雖徹如郁保四，則技可盜馬。雖庸如王定六，面貌亦驚人。然於宋清，實無一可取。一百七人，甘與此君同列座位，上應天宿，而不以為恥，真可怪之事也。

宋清之外號，非鐵扇子乎？扇子扇風，必須輕巧可攜，以鐵製之，何堪使用？於其綽號以窺其人，可知矣。而梁山諸寇，每次分配工作之時，必以宋清司庖廚之事，殆故意使與飯桶為伍乎？雖然，與飯桶為伍，固優差也。與其謂之笑謔，毋寧謂之提攜矣。

飯桶也，何故提攜之？則以其為首領介弟耳。人有好哥哥好弟弟，或好姐姐好妹妹，雖生而為飯桶，又何害哉？

（寧）

杜遷 宋萬（第四十八）

杜遷之外號曰「摸著天」，宋萬之外號曰「雲裡金剛」，由其字言之，何其壯也。顧揆之其人，則不逮遠甚。王倫以落第舉子，為盜梁山，末路文人，本非英雄之器。且賦性褊狹，尤不能容物。杜、宋乃低首下心，甘受驅策。窺其言行，並無不平。此猶曰奴才性成，得一主事之即了也。及林沖小奪泊之際，五步之內，血濺杯箸。秀才授首，晁蓋就位。杜、宋絲毫不念舊交，納頭便拜新主，此豈好漢所為？若以無恥為盜之文人，理應殺卻，則前日呼王倫為大哥非也。若以盜與秀才本屬一體，前日共事甚當。而袖手觀王倫之呼救，不共患難，則今日呼晁蓋為大哥非也。二者必居一於此矣。

吳用、林沖亦知此輩易與，故於殺王之後，亦復於血泊中為杜、宋及朱貴等各備一把交椅，若屠夫於羊圈中牽一羊出宰之後，另以食料餵他羊，無纖末之防患。在吳、林等眼中，固視杜、宋等奴才廝養之不若也。吾未知忠義堂上，拖去屍首，洗盞更酌之間，杜、宋是何感想？晁蓋笑，吳用、林沖笑，來自石碣村者莫不笑，杜、宋視朱貴，亦同此一笑乎？噫！

（寧）

周通（第四十九）

「莊前鑼鼓響叮噹，嬌客新來小霸王。不信桃花村外火，照人另樣帽兒光。」讀小霸王醉入鎖金帳一回後，乃打油一絕，固未嘗不為周通遺憾也。夫以周通為桃花山上第二寨主，其欲得劉太公女為壓寨夫人，正不難徑撥數十嘍囉擄而有之。而必納金下聘，然後奏樂明燈，於「帽兒光光，今晚作個新郎」之彩唱聲中，扶醉下馬入門，則其人亦有情致，非急色兒如王英飢不擇食者，退一步言之，不失為趣盜也。至其向魯智深折箭為誓，不更登劉太公之門，尤非王英所能，殆未知其心中，亦「虞兮虞兮奈若何」之感否？他日招安，周自可得一小小武官，使其解事，當求為青州一巡檢都監之流，於是趁劉小姐之未嫁，重入此一抹紅霞簇擁之桃花村，劉太公或不能不刮目相看，終成好事也，而桃花山與桃花村，乃不負此一艷名矣。

古本《水滸》，百十餘回中，有李逵在太平莊扮假新娘事。《西遊記》亦有豬八戒高老莊招親事，無非桃花村一幕之重演，此則初咬是沙【一】糖，繼咬是矢橛，不足與論，而周通趣事，乃更見其令人回味不置也。

【一】沙，同「砂」。

朱貴（第五十）

曲檻深迴，重簾微啟，暖閣人閒，紅爐酒熟。於其時也，則世界銀裝玉琢，雪花如掌。主人翁覆深沿帽，著紫貂裘，叉手檐前，昂頭看雪。是其人非在鐘鳴鼎食之家，亦居冠蓋縉紳之列。而不徒林沖於風雪載途會見其人於梁山泊外酒家也。其人為誰，旱地忽律朱貴也。故重帽貂裘，叉手看雪，當時蔡京、高俅可得之，強盜亦可得之。曲廊洞房有之，路邊黑店亦有之。其人其地不同，享受滋味則一也。享受既同，雖蔡京、高俅於賄賂敲索求而得之，強盜於殺人劫貨中求而得之，而一切為民脂民膏所變，又未嘗不同也。朱貴告林沖，謂殺人之後，精肉作羓子，肥肉熬油點燈，是直接用民脂民膏者也。蔡京、高俅家無產銅之山，手無點金之術，其一食萬錢，非精肉羓子也。華燈如晝，非人油也。然仔細思之，又何莫非人肉羓子與人油也？人閱《水滸》，徒知朱貴之著紫貂看雪，得之之手段太慘烈也，而不知彼無法間接得民脂民膏，則徑直接得之也。試看朱貴有弟曰朱富，後亦上山入伙，彼等之視富貴固如此如此也。

張先生曰：「而今而後，吾之看人著紫貂叉手看雪也，吾必回憶《水滸》朱貴水亭放箭

（渝）

之一回也。」

（渝）

施恩（第五十一）

施恩之於武松也，衣之，食之，敬禮而兄事之，若是乎愛英雄者已。然其動機，只為求其奪回快活林耳，此亦燕太子事荊軻，吳公子光事專諸之故技而已，未足稱也。顧武松之入獄也，施則營救之，武松之發配也，施則周送之，絕非過河拆橋之人物，則又可想其無快活林之一事，使得遇武松，亦未必不衣之食之而敬禮兄事之矣。吾於施恩傳，最取其送武松一段。其文曰：「討兩碗酒，叫武松吃了。把一個包裹，拴在武松腰裡，把兩隻熟鵝掛在武松行枷上。施恩附耳低言道：『包裹裡有兩件綿衣，一帕散碎銀子，路上好做盤纏，也有兩雙八搭麻鞋在裡面。只是路上要仔細提防，這兩個賊男女不懷好意。』」其言其事，覺字字動人心坎。最後一結，則「拜辭武松，哭著去了」。真兄弟亦不過如是也。

武大之於武松，親之也。宋江之於武松，愛之也。張青、孔明之於武松敬之也。如施恩之於武松，則親愛敬重均有之矣。朋友相交，孰免利用，人得如施恩者利用之，果何憾乎？

（渝）

焦挺（第五十二）

拳腳不能取勝於刀劍之前，亦即今日刀劍不能取勝於炮火之下，事有固然，未容置疑。然果能出之於奇巧，未嘗不可取勝於一時，此焦挺一拳打得李逵坐地，向其問姓名，一腳踢得李逵服輸爬起來便要走也。角力而欲使李逵佩服此大不易事，焦挺獨能之。無他，以其相撲之術，只是取巧，而又父子相傳，不為他人所知耳。

焦挺四處投人不著，因之綽號沒面目。雖李逵許之為一條好漢，而位備地煞，列在下等，是非以其拳足雖精，究未能用之於疆場歟？前數年，國內遍傳大刀歌，結句為「大刀向鬼子們的頭上砍去」。今則久不聞其聲，正因在坦克飛機比質量之際，大刀實等於焦挺之腳足而已。

人亦有言，一技之精，不難立足於世，然亦僅能立足耳。大丈夫當學萬人敵，吾人未可以焦挺之以能勝李逵於一時為法也。

（渝）

張青 孫二娘（第五十三）

孟州，去東京非遙之，中原郡縣也。十字坡，孟州大道也。而張青夫婦為賊設巢於此，開人肉作坊於此。以時計之，且非一日矣，而行人不知也，里正不知也，官宰亦不知也。謂行人失蹤比比？未嘗尋覓於其途乎？謂里正密邇殺人黑店未嘗有所聞見乎？謂官宰絕未得失事人民作一次控訴乎？而曰不然，是則一言以蔽之，治民之官不管耳。否則以張青、孫二娘之本領，何能於此毫無忌憚，為所欲為哉？

張青為盜，有三不害：僧道不害，囚徒不害，娼妓不害。孫二娘亦曰：「清平世界，蕩蕩乾坤，哪得人肉饅頭。」則其人固亦略通人情。通人情而能於十字坡開黑店，是正孰料其無事也。此正蔡京父子所以歌舞東京也，此正宋徽宗所以搬運太湖石入大內而建萬壽山也。

（渝）

母夜叉孟州道賣人肉

郁保四（第五十四）

小弟兄中儀表最佳，當推郁保四。故彼身長一丈，腰闊數圍，時遷打探，曾首先為宋江言之。夫身長一丈，腰闊數十圍亦有足取者乎？曰：「有。試觀吳用分配諸兄弟各司其事，而以郁保四執掌大纛旗，可以知之也。」

昔曹交言於孟軻：「文王十尺，湯九尺，今交九尺四寸以長，食粟而已。」論用否而以身長計，曹交若有餘憾焉者。使彼與郁保四同時，未知作何感想？郁高十尺，不過為盜魁掌大纛旗，今交且短郁六寸，殆又爽然若失矣。雖然，郁卒以身長見用，若是乎交之食粟而已，仍由於未遇也。使宋江、吳用而遇曹交，決不聽其如此耳。

一身長一丈之人，宋江、吳用猶能使盡其用。當宣和之年，君子在野，小人滿朝，有食粟之嘆者，豈僅曹交之流也哉？而以是知宋江、吳用之未可小覷也。

（渝）

白勝（第五十五）

「赤日炎炎似火燒，野田禾稻半枯焦。農夫心內如湯煮，公子王孫把扇搖。」此《水滸》

名句，吳用智取生辰綱一役，白勝假扮賣酒人，唱著上山崗來之曲也。每憶此詩，則恍覺當日松林內賣酒奪瓢一神氣活現之白勝，如在目前。雖導演者為吳用，而白勝飾此一角，表演得淋漓盡致，即精明如楊志，亦不能不入彀中，則白勝固一勝任愉快，演技爐火純青之角色也。以此等人才，且有起事創業之功，而忠義堂上排列位次，乃屈居一百零七名，竟在王定六、郁保四之下，殆不公之甚乎？

或曰：「黃泥崗犯案，實由白勝被捕供出同伙所致，此在綠林，認為大忌，而置其人於不齒，白勝未能熬刑，不算好漢，故晁蓋等雖救之出獄，而究不為重視也。」此固然矣。然晁蓋、吳用於作案後，同聚東溪村飲酒快樂，而獨卑之，不與列席，縱之在家放手豪賭，是其謀之不善，亦須自負其責，未可完全歸咎於白氏也。觀其入山後，細作打探，身經多役，輒未嘗有一言一行，如在黃泥崗上之表演精彩，殆亦內疚於心，不敢有所聲張歟。於此等處，乃悟盜亦有道，其事固確也。而治盜之不能徒恃嚴刑，當另有以對症發藥，又必然之勢矣。

（渝）

時遷（第五十六）

批《水滸》者曰：「時遷下下人物也。」續《水滸》者曰：「時遷下下人物也。」讀《水滸》者亦莫不曰：「時遷下下人物也。」然則時遷在一百八人中，果下下人物乎？張先生曰：「未也。」

夫舉世所以認時遷為下下人物者，以其為偷兒出身耳。偷兒之行為，不過晝伏夜動，取人財物於不知不覺之間，做事不敢當責而已。較之殺人劫貨，而以人肉作饅首餡者，質之道德法律，皆覺此善於彼。今日一百八人中惟時遷為下下人物，持論未得其平也。否則曰必能殺人，能劫貨，能反獄劫庫，能放火燒城，便是梁山好漢。若只能偷雞摸狗，不足齒及也。嗚呼！此特倒因為果，獎勵為惡之至者矣。吾以為就道德法律論，時遷較之宋江、吳用之罪，猶可減少。就本領論，時遷較之宋清、蕭讓、郁保四等，又超過若干倍也，奈之何而曰下下哉！王荊公論孟嘗好客，謂雞鳴狗盜之徒，出於其門，而客可知。施耐庵之寫時遷入《水滸》，亦正王荊公之意也。一百八人中有時遷一席，而正以證一百八人之未能超於雞鳴狗盜耳。不然，徐寧家之甲，翠雲樓之火，何獨為時遷亦著如許筆墨哉？此意金聖嘆未曉也。能讀小說如金聖嘆，猶未或悟，則亦無怪時遷之必為下下人物矣。

（平）

時遷翠雲樓放火

王進（第五十七）

求全材於《水滸》，舍王進莫屬矣。以言其勇，八十萬禁軍教頭也。以言其知，見機而退，卒不為仇家所陷也。以言其孝，能以計全，能以色養，真不累其親者也。以言其忠，則雖不得爭名於朝，猶復往延安府求依老种經略相公，效力於邊疆也。使《水滸》一百八人，皆得如王進，則高俅又何足去。而施耐庵先生寫此英雄，乃僅僅只有開場一幕，令人輒嫌不足矣，把卷神馳，王教頭其猶龍乎！雖然，吾嘗見畫家之畫龍矣，雲雨翻騰，太空瀰漫，夭矯霄漢，若隱若現，若者為首，若者為角，若者為鱗與爪，此神品也。求其全身，不可得矣。非不可得而畫也，惟其一鱗一爪，東閃西匿，斯足以見其變幻莫測，而全身畢顯之不易耳。吾雖不得讀王進全傳，吾勝似讀王進全傳矣。

史進，鄉村紈絝子弟也，僅得王進餘緒，即可上列天罡，抗手林、魯，於其弟以窺其師，尚待論乎？風塵之中，未知果有其人否？吾願齋戒沐浴，八拜而師事之！

（平）

史文恭（第五十八）

爐中煨山芋，香氣四溢，小兒嗅而樂之，垂涎三尺，顧視爐中炭火熊熊，無火箸之屬，急切不得到手，頗以為苦。既而一狸奴來，傍爐靜坐，閉目假寐。小兒陡生一計，擁貓於懷，手握貓前爪，遽向炭灰中掏取山芋，蓋以代火箸也。貓爪為火炙，痛甚，猛躍起，爪傷小兒之面，兒大呼，貓痛且駭，負創竄窗戶而出，而案上杯鐺盂鉢，遂翻騰破碎，無一倖免者。張先生曰：「梁山，煨山芋也，曾頭市，貓也。而史文恭則弄智之小兒矣。」

何以謂其然乎？蓋史不任守土之官，剿盜本非職責，一也。史之籍貫，書雖未嘗詳敘，但並非曾頭市人，而防盜乃無必要，二也。曾頭市主，《水滸》大書特書，大金國人。史，宋民也。佐金人而滅宋盜，出處已非，亦不得謂之仗俠，三也。宋江率軍圍曾頭市，曾太公求和，史亦贊允，但不肯送還照夜玉獅子馬，於是和議決而曾氏族矣。史因貪而僨事，四也。論曾頭市事之前後，史在借曾家之人力以博名利，乃昭然若揭，不然者，史欲圖功，進剿梁山之官軍，陸續未斷，投效之機會甚多。若意在仗俠，盧俊義率太平車子過水泊，事可效也，於是而可知史之為人矣。

雖然，大丈夫世為幾人，僥倖成名者，孰非利用貓爪之徒哉？

（寧）

祝氏父子（第五十九）

居山者立柵防獸，近河者築堤防水，情也，亦勢也。然立柵者必不故引虎狼之群而與之鬥，築堤者必不故引氾濫之流而弄之嬉。祝家莊地近梁山，聯村自保，無可非議，顧祝太公聽欒廷玉之言，僅恃其三子一勇之夫，乃居心積慮，以與近在咫尺之洪水猛獸挑戰，螳臂擋車，何其不自量乎？

祝氏父子與梁山無仇，梁山亦未嘗有所干犯祝家莊，根本無私怨可言，若曰為公聯村自衛，其事已足，既無朝廷之召命，又無桑梓之委託，磨刀霍霍，旦夕揚言，將踏平水泊，是果何所見何所聞而來？觀乎其子屢言解梁山賊入京請功，是則全盤計劃，無非向蔡、童之門作敲門磚而已，其招滅門之禍，孽由自作，不足憐也。

使祝家莊人善自為計，內當深溝高壘，屯兵養馬，以防封豕長蛇；外則重幣甘言，以事道途上梁山外來之人。弱於外而強於中，梁山諸人，正在倡言忠義，爭取鄰近民眾，彼不必來犯，亦不敢輕犯矣。即萬一欲圖功為官，亦當上請東京方面之命，下得州縣旗鼓之應，庶幾名正言順，進退有據，今乃一意孤行，擅自發難，卒使欲填平水泊之人，反為水泊所蕩滌。祝氏父子死不足責，而被蕩滌中之祝家數千人口，未免冤矣。吾儕小民，唯有禱告上蒼勿降生好大喜功之英雄。

（渝）

曾氏父子（第六十）

祝家莊與梁山不兩立，曾頭市亦與梁山不兩立。祝家莊有一太公放縱其三子，曾頭市亦有太公放縱其五子，祝家莊有一教師欒廷玉唆使鬥狠，曾頭市亦有教師史文恭唆使鬥狠，若是乎依樣葫蘆，均為抱薪救火者矣。然曾家父子不得與祝氏並論也，祝家莊緊鄰梁山，原意出於自衛，曾頭市遠在淩州，無須防範梁山。祝太公身為朝奉，雖屬散職，自動為國平盜，尚可振振有詞。曾則僑居之金國人，中國有盜，何預爾事？是則曾頭市集結五七千人馬，乃孟子所謂牽牛入人之田而奪之。彼曰向東京請功，實為託辭。時金方眈眈關以內之遼宋，安知彼非包藏禍心，欲併吞梁山之眾，然後於強大之餘，以裡應外合乎？

雖然，宋室有盜未能平，而乃聽令客居之異族，厲兵秣馬以圖之，是何異家有不肖子，而拱手讓入室之盜鞭撻之也，可恥也夫！至曾氏之滅族，亦於祝氏，不但不足惜，反當為之浮一大白也。「水滸」當年，不應稱女真人曰大金國人，原傳稱曾太公如此，疑是元代或南宋編「水滸」者所加，於全國無異族如何時，借李逵等之刀斧，以滅此一群禍水，作者亦有心人哉！

（渝）

洪教頭（第六十一）

事有不經見，見之即以為可畏者，如吳牛喘月是。事又不經見，見之即以為不足畏者，如桀犬吠堯是。若洪教頭之與林沖，殆近於後者矣。洪教頭初見林沖，以為是個賊配軍，此猶可曰不知其來頭，既而聞其是江湖聞名之豹子頭林沖，既而又聞其是東京八十萬禁軍教頭，而猶以為不足一擊。是則洪教頭者，固未嘗置身江湖，遍交朋友，不知有所謂豹子頭。更且聰明蔽塞，不知東京八十萬禁軍教頭，非人人得而為之也。以此等人而為教頭，而且忝然作柴進之座上客，焉得有何本領？古諺有云：「知己知彼，百戰百勝。」是知己而不知彼，猶不能戰，如洪教頭者，連自家本領，究達若何程度，能打若干人，恐亦未曉也。既不知彼，又不知己，盲人瞎馬，焉得而不敗也耶？

吾不知洪教頭於地上扶起來之後，滿面羞慚，自投莊外而去之際，亦嘗思及歪戴著頭巾，挺著脯子，來到後堂之時否？而曰憶之，則自今以後，或不敢歪戴著頭巾，挺著脯子，以相天下士乎？人在得意之日，視天下事如不足為，孰不歪戴著頭巾，挺著脯子向人？而不知正其衣冠，低聲下氣者，正竊笑於旁也。歪戴著頭巾之英雄好漢乎？曷為正之！

（寧）

王倫（第六十二）

人有恆言：「疑人勿用，用人勿疑。」用之而又疑之，疑之而又抑屈之，此真自敗之道也。王倫一酸腐秀才，充其量而高抬之，亦不過蕭讓、金大堅之流亞，烏足為方圓八百里水泊之魁。王果自量，則林沖入伙之時，當厚款以使之安，晁蓋投奔之日，更舉位以相讓。世未有必謀於我無損之人而後快者，則論功行賞，王之備位「水滸」，不必在杜遷、宋萬之下。而王既拒林沖於先，復納之於後，納之矣，且又處處予以難堪，此正於宋江、晁蓋輩所為，相處反面，開門揖盜，且挑釁焉。即無晁、阮等小奪泊之一幕，王又未必能免於林沖之手也。

人讀《水滸》王倫傳，每覺其狹窄可惡，吾則為之撫案長嘆。及王之被殺，人每為拍案稱快，吾又惜其糊塗可憐。吾非哭者人情笑者不可測之例，良以天下愚而好自用，賤而好自專之流，輒至死而不悟。用佛眼觀之，只覺此等人日覓盡頭之路而已，良可惋惜也。

或曰：「然則林沖入伙之時，王始終拒之，或免於難乎？」吾曰：「不然。夫八百里之水泊，天下英雄，誰未得而聞之？林、晁即不來，他人亦必取而自代。況晁、阮等巢穴，近在咫尺，寶藏置於旁，將謂其熟視無睹耶？傳謂象有齒以焚其身，王倫之謂矣。秀才可憐哉！」

（平）

林沖併王倫

李鬼（即假李逵 第六十三）

孟子曰：「孩提之童，無不知愛其親也。」何者？提攜餵哺之事，舍其親莫屬，而聲音笑貌，又惟其親最熟也。故人子之於孝非必待賢者之啟迪，而已成為自然之習慣。及其既長，受外物之引誘，因私欲之增厚，往往覺目前之義務所不應為，至於今日，遂有非孝之論，其實夜氣勃生，晨鐘初動之際，恆覺人所得於其親者多，而親得於我者薄。於是乎孝之為美德而足以博人之同情，無論賢不肖，知其當然也。於是乎因孝之為美德，足以博人之同情，而有以能孝誇示於人以獵取虛名者矣。嗟夫！吾讀施耐庵先生寫假李逵事，吾知世人之孝其親，亦成為一種作用矣，可勝嘆哉！

當李逵舉斧，將殺李鬼之時，李鬼乃以家中因有個九十歲的老母，待之贍養為詞，以欺李逵，李逵亦覺自來取母，而殺養母之子，為天地所不容，遂贈金而釋之去，此在黑旋風之所為，誠是孝思不匱，永錫爾類。即在李鬼，又何嘗不知作強盜養母，猶有可恕者在也。然其家中固無母，無母而有一滿面塗著脂粉鬢插野花之婦人焉。而此婦人者，實乃李鬼剪徑以養之。所謂九十歲老母，即伊取而代之歟？天下養其母者，何往不如是也？

吾人慎毋謂作者寫作一段，乃插科打諢之謔語，天下之為人子而不養其親者，蓋不免心動矣。

（平）

假李逵剪徑劫單身

韓伯龍（第六十四）

昔有嘲吹法螺者，舉一諧談相告，其辭曰：「一老婦致信於人，而其後贅以通信地址，謂有信直寄南京，頭品頂戴，雙眼花翎，御賜黃馬褂，兩江總督衙門，交左隔壁裁縫舖王媽媽收便是。」當讀信者讀至上項官銜時，直是一句一心跳，一跳一汗下，及至交左隔壁裁縫舖王媽媽，則又不禁啞然失笑，笑且不可抑也。

大凡榮利之心，盡人而有。上焉者，力自為謀，次焉者依草附木，下焉者則招搖撞騙，極冒濫之能事。事而至於冒濫，本不必有所根據。幸而略有可沾染，若王媽媽隔壁之兩江總督，又焉能漠然置之耶？韓伯龍之於梁山，雖未發生關係，然而得頭領朱貴之允許，權在村中賣酒，此不僅是總督衙門左隔壁，且進一步而與衙門中上差戈什辦差。於是欣欣然舉以告人曰：「我亦制台大人門下之官，本不為過。」故韓伯龍謂老爺是梁山泊好漢，要驚得李逵屁滾尿流，實亦自覺其言之當。而初不料不怕不識貨，只怕貨比貨，適為小巫見大巫也。而李逵暗思卻又哪裡認得這個鳥人。以老爺與鳥人作對，真是絕倒。吾不知逢人以老爺自命者，亦有以鳥人視之者乎？恐其自身亦不得而知矣。

嗟夫！世之冠蓋憧憧，舟車魚鹿，飲食徵逐者，何往而非韓伯龍之徒耶？盡數懲之，恐不免視人頭如量豆。質之上天好生之德，孰得忍而懲之？李二哥獨於一韓伯龍而以板斧相

試，未免所見不廣矣。如韓伯龍者，殆有命焉。（平）

張旺（第六十五）

古人有言：名醫之子死於病，又云：善泳者死於水，此非謂精於某事，某事適以害之。蓋既精其技，必易其事。既易其事，則粗疏大意，無所不至矣。

浪裡白條張順，身負金銀包裹，誤入截江鬼張旺舟上。旺乘其睡熟，捆而沉諸江。恍然順兄張橫，欲宋江吃板刀麵之一幕。順兄弟縱橫小孤山下十餘年，日日如此謀人，當他人婉轉哀求於船板刀影下之時，亦能料及今日向人乞求，但得完屍，便不作鬼來纏之事乎？張旺何足道，張旺之為社會作一把鏡子，令人讀之真咨嗟不息不已也。

泥裡鰍孫五，與旺作隱德生涯有日矣。今見張順送如許金銀上船，死順之後，必可與旺共享此物，不料一聲五哥入艙，而自己之腦袋已落，孫見了金銀，尚有朋友，卻忘了旺看到金銀，早無人頭。以乾乾脆脆言之，既為強盜，截江鬼做人之法是也。不然，此一包金銀，足夠二人一幕鬥爭，則徒留麻煩矣。

至順出水不死，二次遇之，卒得手刃旺肉，淺膚之讀者，必引為快。吾以為只是將一把人生鏡子，重複照將幾下。善讀《水滸》者，先必憮然而起，繼則猛然省悟，終則涔涔汗下，曰：「從此吾不欺騙，從此吾不兇暴，從此吾不傲慢也，更無論殺人矣。」

（平）

張三李四（第六十六）

東京而有潑皮成群，是朝廷法律不足以管束也。大相國寺菜圃為潑皮訛詐擄掠之所，是佛家道德不足以勸化也。而魯智深右腳踢倒青草蛇李四，左腳踢倒過街老鼠張三，於是二三十個破落戶，目定口呆，唯命是聽，是趙官家與如來佛所無可如何者，花和尚以雙足代之，乃綽有餘裕。天下有是理乎？此非寫魯師傅之能耐，乃寫張三、李四與眾潑皮自有其中心思想，其思想為何，即硬碰硬，打得贏我者，我服之而已。不解其道，此張伯倫之全盤失敗之於慕尼黑也。悟其道，此盟軍於西西里打得意軍落花流水而投降也。

張三、李四於糞窖爬起之後，牽豚擔酒，於廟宇中尊和尚而上座之，和尚恐其猶服之不徹底也，乃倒拔垂楊樹以嚇之，於是眾潑皮死心塌地，好漢之，師傅之，甚至羅漢菩薩之，唯有搖尾乞憐，求和尚之羽翼。世間均以潑皮之不要臉不要命為最難治之民，觀於此，豈真難治也哉？國際上之花和尚出，左腳踢希特勒於歐洲大陸，右腳踢東條於太平洋，德日之民，牽豚擔酒尊其人於上座，正亦指顧間事耳。使三十年來，世界早有一二魯智深，則希特勒、墨索里尼安得無賴於一時？今而後，四強當知所自謀矣。（渝）

董超薛霸（第六十七）

讀林沖、盧俊義兩傳，未有不痛恨解差董超、薛霸者。夫編《水滸》之施羅，何暇寫此兩個刁徒，殆不過為此階級作一線之暴露而已。若僅就兩人而論，則董超為人，似較勝於薛霸。當陸虞侯賄買二人殺林沖時，董初頗躊躇。而薛則曰：「高太尉便叫你我死，也只得依他，莫說這官人又送銀子與俺。」看得定，說得透，可想其久混公門，在勢迫利誘之下，不知做翻了多少林沖與盧俊義。而董彷彿稍存忠厚，在高太尉叫你我死也只得依他一語中，猶能讓林沖慢慢走，因之薛打罵林沖，董則寬慰之，薛將沸水泡林沖腳，董則攙扶之。及其解盧俊義也，李固賄賂二人殺盧，董亦仍曰：「只怕行不得。」而薛霸則直看銀子說話，謂李固是好男子，把這件事結識了他，分明李固無叫你我死也只得依他之理，而只是為了銀子要殺盧俊義而已。於是可悟董超兩次躊躇，並非真躊躇。蓋素日狼狽為奸，故作此態以索多金，遂至每有解案，輒不期照樣搬演一番。如今日演雙簧者一唱一做，自有定例。因之高俅雖有權要他死，亦不得不向之行賄。若真以為此中亦有善類，則惑矣。

或又以為《水滸》寫董、薛在開封解林沖未死，故寫其刺配大名，又復為公人，又復欲受賄殺人，卒致於死。當日雖逃生於魯智深之杖，今日仍了帳於燕青之箭。報應自是痛快，佈局未免巧合。其實寫《水滸》者，又何嘗不欲寫蔡京、高俅皆中此一箭，然果如此寫之，則《水滸》不復有矣。此古今天下無可奈何事，特死此二豎，聊以快意云耳。且董、薛一再作惡，彼正亦熟視其儔為之已久，無僨事者，故毫無所忌憚。盧俊義在松林中亦遇救星，彼固未料有此巧事也，誅此小豎，猶不免於求之巧合，此正《水滸》所以作耳。（渝）

武大（第六十八）

古諺有云：「天下無不是底父母，世間最難得者兄弟。」此十六字，至於民間思想進化之今日，吾不知尚可存在否也，吾亦不暇問尚可存在否也。然骨肉之間，其相處也久，其相知也易，則謂其結合親愛，常異於凡人，或非過分之言。然而古今天下，其處骨肉之間，往往轉不如與凡人相處之佳，此則質之哲學家心理學家不易解釋者歟？

雖然，禮失而求諸野，若武大、武二者，則真能知兄弟難得者矣。武大一見武二，即曰：「我怨你，又想你。」對潘金蓮曰：「我兄弟不是這等人，從來老實。」由先言之，無隱也。由後言之，篤信也。見骨肉便吐真言，猶非人所難為。若不聽床頭人言，相信得兄弟從來老實，此非肩挑負販，從來不讀書人所能為。吾不圖於賣炊餅之武大能見之矣。當武松拜別之時，武大墜淚曰：「兄弟去了。」吾讀至此，輒掩卷小歇，亦不期有淚之欲下。在詩人所謂斜陽芳草，黯然銷魂者，不如此四字之一字一淚，一淚一血也。若武大真能為兄者矣。

吾非謂武大郎完全為好人，至於醜而有美妻，以至被殺而猶可為之恕。然彼既善處兄弟之間，即取其善處兄弟之間而已。推重武大，亦正所以愧天下後世之不能相處於兄弟者也。（平）

鄆哥（第六十九）

鄆哥以語激武大，其言甚巧，激之而為策劃捉姦，其計亦甚周，至卒以送武大之命，則實非此黃口孺子所能料耳。蓋光天化日之下，大庭廣眾之中，本夫而捉姦獲雙，固無不理直氣壯可以取勝者。今西門慶悍然出頭，踢傷本夫，街鄰十目所視，無復敢問，實非人情。鄆哥十餘歲天真小兒，入世未深，彼烏得而知西門大官人乃非人情中之產物乎？

武大，忠厚人，慈兄也。鄆哥，天真人，孝子也。以慈兄孝子，秉天真忠厚，以與奸猾市儈財勢土豪相周旋，在蔡京、高俅當道之日，其失敗固彰彰矣。雖然，卒有武松其人為之雪冤，此又孝子慈兄終不絕於天壤也。（渝）

西門慶（第七十）

《水滸》，憤書也。暴露朝廷人物之罪，暴露鄉里人物之罪，亦復暴露市井人物之罪。若西門慶者，勾結官府，欺壓良善，正是當代一種典型人物，作者烏得放鬆而不寫之？讀《水滸》者見其賄買王婆，姦淫金蓮，毒殺武大，便覺其人可惡，吾則觀其惡跡不在此。彼一開生藥舖人物耳，滿城人稱之曰西門大官人。其在社會上積威可想，姦人妻，奪人命，當時大事也。彼公然託情於何九叔，焚屍滅跡，何恭敬受命，默然無言。其在社會上積威又可想。既犯姦淫且復殺人矣，而其來往紫石街如故，雖紫石街無人不知。且終日與金蓮飲酒作樂，人亦無敢言者，其在社會上積威更可想。直至武松回來，縣衙告狀，磨刀霍霍，殺機已動，而西門慶猶挾兩粉頭與一客人在酒樓作樂。是其人眼中無王法，無陽谷縣全縣市民，無徒手殺虎之武松。驕妄至此，誰實為之？豈一爿生藥舖，有此力量乎？知之者曰：此宋室失敗之證也。

在朝廷有蔡京、高俅之徒作惡，在市井有鄭屠、西門慶之流作惡，在田野有毛太公、殷天錫之流作惡，幾何而不令人上梁山哉？

（寧）

潘老丈（第七十一）

其人業屠，擇婿則為節級而兼劊子手。而其婿之結義兄弟，下榻相待者，又為屠宰世家。聚操刀殺人宰豚之徒於一家，世真有此巧事。不特此也，而潘老丈之乾兒，則為站立極端反面之和尚。善戲謔兮，耐庵、貫中兩先生，故於此有所寄其諷刺歟？

以巧雲為之女，以楊雄為之婿，又以海闍黎為之乾兒，共愛之則勢所不許，偏愛之則情有不能。於是送巧雲赴報恩寺了心願，能醉得人事不知，昏然大睡。唐代宗謂郭子儀曰：「不痴不聾，不作阿家阿翁。」老丈有焉。其實事到那時，海和尚即不以烈酒享之，而代之以白水，老丈亦未有不醉之理也。老丈是醉人，亦大是趣人。置此等身手於社會，富貴固不難也，而丈乃以屠老，亦有幸不幸歟。

（渝）

海闍黎（第七十二）

海闍黎原非和尚，乃繡線舖小官人裴如海，而潘巧雲父親之乾兒也。想當年如海在家，巧雲未嫁，春光爛漫，兄妹為之，亦今日至上之戀愛。特不知如海何以而在報恩寺出家，遂使潘不得不嫁王押司，王押司死，如海仍為和尚，潘又只好再嫁楊雄，觀其與如海幽會之第一次，即曰：「我已尋思一條計了。」是其數年來，為王氏婦為楊氏婦，而實未嘗一日忘其乾哥也。以今日之戀愛至上言之，巧雲蓋極忠於裴如海者。實無罪。即有罪，罪亦不至死。然殺潘者非石秀、楊雄，而又裴如海也。何以言之？裴如海既為和尚多年，猶不忘巧雲，則其當日情濃可知。情濃矣，即不應舍巧雲出家。出家或非本願，猶雲被迫不得已也。及既為方丈，並無管頭（書中未言海是方丈，然觀其排場，分明一寺之主），而王押司又死，正好一人還俗，一人改醮。而和尚貪戀方丈一席，計不出此，仍欲一面做和尚享清福，一面通情人了夙願，固非真知戀愛至上者。吾聞為情人，有敝屣江山者矣。海本一和尚而不能舍之，則亦不足與言情也已。對此不足言情者，潘巧雲明知「我的老公不是好惹的」，乃冒殺身之禍以戀之，釣者負魚，魚何負於釣者？

於此，而予知愛做和尚者，亦有甚於好色者也。而更知為解脫做和尚，做了和尚亦有其人更不易解脫者也。海本繡線舖小官人，何足與言大道，自不得以此責之。然由是可悟一事，即一面板了面孔佔清高地位，一面偷偷摸摸，撿小人便宜，意在兩兼之，終必兩失之耳。

（渝）

張文遠（第七十三）

宋江善弄權術，偽行俠義，天下英雄，盡入彀中。而其同房作押司之張文遠，獨不得而籠納之。不僅不受籠納之而已，宋江納閻惜嬌，張一見而通之。宋江殺閻惜嬌，張又唆閻婆告之。卒至眾向張說情，宋始得避於死。張之狡猾，其有勝於宋歟？不然，及時雨手置之烏龍院，正太歲頭上土，張安得明目張膽往來於其間耶？以宋之詐，與張相處之親，竟忘其為風流浪子，邀之至烏龍同飲。引狼入室，卒成大禍。此非宋之昧昧，必張之交友之術，足使宋墮入術中而不知也。

專制時代之公門中人，本鮮善類。窺張貌似風雅，又必讀書人物出身。此輩不得志，吮癰舐痔，無所不至。及小得志，則飛揚跋扈，又無所不為。「禮義廉恥」四字，其字典中蓋未嘗有，況友道乎？與此等人為友，自殺之道也。《紅樓夢》賈府清客，《金瓶梅》西門幫閒，大抵均屬張文遠一流。其才可愛，其人格可鄙，其手腕又復可畏。涉跡社會，畢生不逢其人可也。雖然，又安得一一而避之？

（寧）

黃文炳（第七十四）

滿清時，有文武兩一品官，同居一城。偶因小隙，遂不相能。文官詬武官曰：「爾之大紅頂，為人血所染成，吾望之而生畏，因上有冤魂無數也。」武官亦詬文官曰：「爾之大紅頂，為黃金白銀，孿童少女，燕窩魚翅，朝靴手本，合無數之雜物以湊成。吾見之而作惡，因上有奇臭也。」或告之於更高一級人員，此公笑曰：「此二人皆無望之人也。大紅頂豈有白來者乎？能者，且將以人血與黃金白銀等物，合而鑄之矣。」此公之言，可謂透徹之至，而通判黃文炳得其道焉。

黃閒住無為州，與潯陽有一江之隔，觀其與蔡九知府能共機密，則江上奔波之煩，可得而知。然蔡九一郡官也，尚不能起用通判。既已心許黃氏，則不得不更求於其父蔡京，於是黃氏於黃金白銀，孿童少女，燕窩魚翅之外，更須供獻人血矣。宋江心機敗露，醉題反詩，適以為文炳造機會耳。即無此詩，即無宋江之來，文炳亦必別覓人血，建功以博宰相之歡也。故宋江而不被拘，則冥冥之中有若干人當死。他人冤矣。宋江被拘，毋庸他人供血，冥冥之中，不知已救誰何。然梁山賊來救宋江，血染潯陽江口，全潯陽城，又冤矣。總之，有黃文炳之奔走權門；被冤而供血者，勢必有人也，吾儕小民，其如此輩圖功博祿者何！

（平）

高俅內（第七十五）

中國人有言，一代做官，七代打磚。味其意，若涉於陰騭報應。以為做官者必虐民，虐民而猶得富貴終身，則其子孫必窮苦七代而後已。其實果能打磚，係自食其力者，寧非好人？茲所謂打磚，必雞鳴狗盜之徒耳。

做官之後代，何以必至打磚。必以報應為理由，則非科學昌明時代之所宜有。若就吾人之意言之，其理實淺，做官人家有錢，廣置田產，使子孫習於懶惰，一也。做官人家有勢，使子孫驕傲成性，目空一切，二也。做官人家，必多宵小趨奉，不得主人而趨奉之，則趨奉幼主。官之子孫，易仗財使勢，無惡不作，三也。有此三因，做官後代，安得而不墮落乎？

以高俅為之父，以陸虞侯等為之友，更以太尉衙門眾人為之捧場，縱為聖人，恐亦不免有所濡染。而高衙內既未讀書，又無家訓，苟有大欲，何所顧惜而不求之？人見其侮辱林沖，則切齒痛恨，以為可殺。吾竊以為罪不在高衙內也。

世無網，魚不得死。世無彈，鳥不得死。魚鳥死矣，吾人得以罪加於網與彈乎？網與彈固不能有力死魚與鳥也。吾人獨責高衙內，何哉？

（平）

高俅（第七十六）

戴宗之發跡也，以腳，以其能神行也。高俅之發跡也，亦以腳，以其能蹴球也。戴以腳而遇宋江，為盜藪之頭領。高以腳遇徽宗，則為朝廷之太尉。是神行之技不如蹴球之技之可貴乎？非也，所遇者有朝野貴賤之別耳。使徽宗與宋江異地而處，則高俅不過樂和宋清之選，而戴之必為太尉，可斷言也。若論其所以盡職守，戴於宋江，猶能赴湯蹈火，屢贊軍機。若高之於宋徽宗，則吾見其一朝權在手便把令來行，第一件事是欲殺王進，第二件事是欲殺林沖而已。以是而宋江與宋徽宗人品之高下可知也。雖然，以高俅之聰明，無遜蔡京、王黼處，其得為太尉也，亦宜。

有蹴球太尉一類人物，而趙宋遂南。於是有蟋蟀相公犬吠侍郎一類人物，而南宋遂亡。誰謂《水滸》無《春秋》之筆法哉？寫《水滸》自高俅寫起，善讀史者，必讀《水滸》。

（渝）

蔡京（第七十七）

梁山賊寇，圍大名府既急；梁中書即函致太師蔡京求援。蔡得函，召集樞密使三衙太尉等，在節堂商議。將大名危急之狀，備細言之，問計將安出？於是眾官面面相覷，各有懼色。予讀《水滸傳》，每至此處，輒為喟然長嘆。知所謂尊如堂堂太師，及袞袞樞密院三官之眾，其才亦不過如匹夫匹婦，聞賊將來，則噤若寒蟬，牙齒對擊作聲。乃至賊至，敏捷者逾牆而走，抱頭鼠竄而去。迂緩者即走床上，以被蒙首，束手待縛。吾人以為宰輔之官，便有燮理之才，不亦大誤哉？

夫不幸而有梁山賊猖獗，今日竄山東，明日犯河北，斯見宋室之官皆無能為耳。若令天下太平，烽煙不舉，則彼堂堂袞袞擁流，出門既前擁鹵簿，家居又後隨女樂。莊嚴之間，雜以豪華，真個人在天上，如不可望，量比海深，如不可測。彼自尊為皋伊，孰得管樂之？彼自視為蕭曹，孰得操莽之？吾於是知古今太平之時，其僥倖而為名宦賢輔者，亦不過適逢其會，使遇告急文書，相商計將安出之際，不亦面面廝覷，各有懼色也耶？

彼宋江等一百零八人，橫行河朔，目無宋室，豈河朔之大，而無此一百八人何者？正無奈此面面相覷者何耳，然則舉世洶洶，欲得而甘心之蔡太師，亦不過如此而已。

（平）

梁中書（第七十八）

岳為宰相，婿作中書，此在官場，自屬人情，顧蔡京平常一生日也，梁千里致賀，乃須值十萬貫之金珠，謂翁婿之間，其賄賂授受，當倍值於常人乎，則人情不應如是。謂婿且賀十萬貫，常人更當倍之，則又駭人聽聞。吾儕不能置身於蔡、梁之間，固不能度此為如何一本糊塗賬也。

觀於梁一次生辰綱被劫，乃辦二次。則二次又被劫，其不能廢然中止，所可斷言。梁中書無點金之術，似此源源為太師壽者，滅門破家之人不知有幾矣。大名百姓，身受其禍，初無間言，而宵小覬覦，借不義之財之名以劫之，不徒無補於大名百姓毫釐。且使梁中書欲彌其缺憾，一而再，再而三，更取索於百姓。蔡京何損？梁中書何損？所難堪者大宋之民耳。晁蓋、吳用以為所劫是蔡太師、梁中書之錢，殆亦不思之甚矣。

終《水滸》之書，梁中書均留任大名，雖兵敗城破，而賊去梁氏回署，其為官也如故，是則富於彈性，亦善為官者矣。竟謂蔡京內舉不避親也，亦可！

（渝）

蔡九知府（第七十九）

宋史載蔡攸為人，毒辣專橫，貪墨荒淫，均甚於乃父，而《水滸》所寫蔡得章，則愚戇無知，隨人左右，絕異其父兄，意者，高明之家，鬼瞰其室，不出豺狼，即出豚犬乎？蔡得章既為蔡京第九子，更以時在宣和以前計之，則其年齡，似不得超出三十歲。以二十餘齡之紈絝小兒，乳臭未乾，竟任之為一府之長，宋室視政治為兒戲，可見一斑。《水滸》之作，去蔡、貫之時代未久，父老傳言，可能事有所本，不必謂其人出小說，即純為虛構也。

戴宗在白龍廟中，曾謂江州城內有五七千軍馬。承平之時，一城守軍若此，不為不多。而乃聽令十七個便衣強人，帶八九十個嘍囉，法場劫囚，血染街衢，自蔡九知府以下，全城文武，始無一不為酒囊飯袋矣。觀於梁山亦曾向大名劫牢反獄，則先散揭帖，後興大兵，固未敢視江州之如此易與也。然則謂朝裡有人，即以乳臭小兒，出任巨艱，為朝中人自計，實亦非如意算盤，請問，設不幸眾盜真信李逵之言，殺入城中，砍掉那個鳥蔡九知府，豈不大背蔡京舐犢深情乎？

（渝）

林沖娘子（第八十）

《水滸》寫青年婦女，甚少許可，而獨寫林沖娘子張氏，則剛健婀娜，如春蘭夏蓮秋菊冬梅芳烈絕倫。雖著色不多，在其二三言行間，亦感強烈中有婉順，而婉順中又有強烈。今之謀妻者，輒作過分之想，須有時代的思想，摩登的姿態，封建的貞操，此極大矛盾的條件，焉有可能，然使林沖娘子生於今日，則幾乎近之矣。試釋之，其與林沖恩愛，三年不曾紅臉，則當年之時代思想也。高衙內一見而色授魂與，是其有摩登的姿態也。一死自了，不受污辱，則絕對封建的貞操也。人生而得妻如此，真無憾也夫！

《水滸》人物，入伙之後，輒接眷屬入山，以除後顧之憂，即如徐寧家在東京，亦未例外。而林沖娘子，獨不令其入山，讀者頗為惋惜，不知此正作者寫其成為一完人也。否則春蘭夏蓮秋菊冬梅，終亦不免為一盜婦，更可惜矣！林沖為人，不欲人負，亦不負人，而對其妻張氏、其岳張教頭，則負之良深。蓋林不為盜，張氏父女或終不至被迫而死也。有志之士，輒以不負人自許，談何易哉！談何易哉！

（渝）

潘金蓮（第八十一）

《水滸》一書，輒愛寫女色之害，使羅貫中、施耐庵先生於今日，則侮辱女性之罪，當不待秦始皇之復出，而可以燒其書。雖然，施先生之所說，究為悟徹見到之言，吾人慎勿徒賞其十分光之波折文字也。

竊以為潘金蓮之淫惡，一半由於天性使然，一半亦由於環境逼促。以西門慶之著名浪子，乃一見而色授魂與，則潘氏姿色妖艷，可以想見。今潘不得才子而嫁之，不得英雄而嫁之，不得達官貴人而嫁之，亦並不得風流浪子而嫁之，而月夕花晨，明鏡青燈之間，惟與一賣炊餅之三寸丁谷樹皮相伴。彼初未知何者為禮教，何者為婦道，則其顧影自憐，輒生外心，又焉得不為人情中事耶？

夫以潘之美，本易招蜂引蝶，又兼其小智小慧，在在非武所堪。為武大計，正當視此婦人為蛇蠍而遠避之。今無弄蛇之技，而玩蛇於股掌之上，其終必被噬，寧有疑義。武之死，潘固有罪，而武亦未嘗無招殺之道也。天下後世不少想吃天鵝肉之癩蛤蟆，吾安得一一以潘金蓮傳示之哉！

（寧）

潘金蓮毒死大武

閻婆惜（第八十二）

宋江生平以銀子買人，閻婆惜則不得而買之。宋江生平以仗義疏財自負，閻婆惜則謂為公人見錢，如蠅子見血。宋江素以忠信見重於江湖，閻婆惜則對其三天限期信不過。總而言之，人對宋江之佳處，閻婆惜均一筆抹煞之而已，然則閻婆惜之所為，是歟！非歟？吾曰：他人以此眼光看宋江則可，惜則不可，何則？（一）惜本妓女，其身固不免為人買。（二）惜喪父，宋實殯葬之，原來並無所圖。（三）惜既知其通盜，宋雖得還其信，然亦決不敢得罪之。故宋縱負人，並未嘗負惜。宋縱欺人，必不敢欺惜。惜不此之悟，而對宋獨著著進逼，此固有以促急兔之反噬矣。

古人謂名與器不可以假人，閻婆惜沒收宋江之信，則並其生死之權，而亦假而有之，其計狡，其手辣，令人不能不佩服其聰明。類彼有挾之之謀，而無挾之之力，無挾之之力，而猶努力以挾之，螳臂擋車，能免碎其身乎，吾願天下後世許多伶俐女子，慎勿到處賣弄聰明，而結果反為聰明所誤也。

俗傳蜂子以尾針螫人，事畢則其針亦斷而死，此事且不必質之動物學者以問其確否。假曰如是，是蜂之螫人，必認在無可倖免而後為之。是則螫亦死，不螫亦死，何如螫之以緩死須臾，宋江之殺惜，蜂螫人之類也，然則惜之被殺也，惜自殺之而已。

（平）

宋江怒殺閻婆惜

劉知寨夫人（第八十三）

孔氏之說，以德報德，以直報怨，執中也。釋氏之說，以德忘德，以德報怨，六根清淨也。耶氏之說，以德報德，以德報怨，博愛也。世之任何人類，任何宗教，未有主張以怨報德者。即降而至於老嫗之論，猶有人敬我一尺，我敬人一丈之言。奈之何劉知寨老婆，因宋江生身之德，而認識其人，因認識其人，而遂欲殺之以自快耶？執是以論，大叫刀下留人者，不亦危乎！

吾知之矣，當劉知寨老婆，轉出屏風之時，曾罵宋江曰：「你這廝在山上時，大剌剌地坐在中間交椅上，由我叫大王，哪裡睬人？」然則恭人之不釋於心者，只為此耳。但於恭人在山上見著宋江，左一句侍兒，右一句侍兒，又誰致之？先宋江道了三個萬福，後來插燭也似拜謝宋江，更誰致之？當其時豈能嫌宋江大剌剌地坐在交椅上耶！況宋江對王英之一跪，尤肯下身份，固不曾大剌剌地坐在交椅上乎？縱曰有焉，於人大剌剌地坐在交椅上則記之，於人代我下拜則不記之。於我稱人為大王則記之，於人稱我為恭人則不記之，此亦就事論事，而無以自圓其說者也。

雖然，不必宋江被縛而後，已知婦人必忘其德矣。當其下山時，告眾軍曰：「那廝捉我到山寨裡，見我說道是劉知寨的夫人，嚇得慌忙拜我，便叫轎夫送我下山來。」此其言，便

以求人釋放為恥矣，何為不忍縛宋江耶？自今而後，戒殺放生，亦必斟酌而後可行也。（平）

王婆（第八十四）

五字訣，十分光，不圖登徒子已盡得王婆之賜，即士大夫之流，亦復於茶餘酒後笑談及之矣。王婆亦人傑也哉！

夫以西門慶之奸猾，潘金蓮之精明，均非易與之流，而王婆指揮若定，如是傀儡而舞，是其人奸猾精明，固有在此一對男女之上者。顧彼獨忘卻武大有一弟是打虎英雄，而更忘卻此一對男女公然取樂，已為人所盡知，終必有以達於武松之耳。智者千慮，必有一失，其信然歟？且由武松告狀不准，領士兵強拉街鄰入宴，以至於閉戶祭靈，亦層次有殺人之一分光至若干分光矣，而乃與潘金蓮一樣，存「看他怎地」之心，必使武松拔出尖刀而後瞠目相視，不可解也！同一幾分光也，何獨辨於利之至而昧於禍之降乎？吾不免曰：「西門慶是色膽天大，王婆是利令智昏。色字頭上有把刀，人多能言之矣，利字旁邊一把刀，舉世皆昧昧焉。」好為乾娘之事者，其讀王婆傳。（渝）

潘巧雲（第八十五）

蛇，毒物也，而蛇丐習其性，則弄之股掌之上，無不如意。潘巧雲之於楊雄也，明知其不是好惹的，唯既習其性，則敢於家中齋薦其前夫王押司，則敢於家中幽會乾兄和尚海闍黎，則敢於石秀揭破秘密之後，以幾句巧言，兩行眼淚，使楊雄忘結義之盟而逐之。以視閻惜嬌潑辣若有不足，以視潘金蓮則聰明過之矣。此真得蛇丐之訣者。

雖然，天下蛇，蛇丐不盡能弄之也。楊雄一蛇，石秀亦一蛇。潘以視彼蛇者視此蛇，遂終不免為蛇所噬。此亦蛇丐之不無失事者，正相同耳。昔人有言，好武者，死於兵，善泅者，死於溺，若有可信焉。潑辣而聰明之人，其慎之哉！其慎之哉！

（渝）

何道士（第八十六）

俞仲華作《蕩寇志》，未解《水滸》真義一一誅之始已。因欲狀宋江、吳用之奸，乃言天降石碣，是宋、吳勾通何道士所構騙局。抉隱摘微，曲盡描寫，若自視為得意之筆，實則此不過梟雄慣技，毫末足奇，略一點破之，已足矣。於此等處求宋江之奸，徒為何道士見笑耳。

古之創業帝王或割據僭號者，以及集眾生事之徒，無不託之神跡，以壯其權威。雖成則聖瑞，敗則騙局，聰明人未嘗不知。然以其於一時一地，可以欺惑民眾，以資號召，後人往往踵前人而為之。如劉邦斬蛇澤中，劉裕即射蛇荻內。趙匡胤降生夾馬營火光燭天，朱元璋降生太平鄉，亦復如是。史家大書特書，不以其欺為諷也。宋江既志不在小，類此等事，何得不為？故石碣上之龍章鳳篆，直謂是宋江命何道士自書而自譯之，亦非意外。且此項龍章鳳篆，僅何道士認識，即令非其所書，而他人不識，何道士亦得隨意譯之，以迎合宋江之意，若何道士不為，以宋江之力，不難覓張道士、李道士為之。彼固樂得撒謊，掙一注財帛也。

由是論之，何道士如遇伏羲，即可為《河圖洛書》，如遇唐太宗，即可為《推背圖》。今遇宋江，代譯石碣，亦其職業然耳。而宋江之有是舉，亦職業然耳。（渝）

羅貫中 施耐庵（第八十七）

《水滸》一書，或曰：「羅貫中為之。」或曰：「施耐庵為之。」或曰：「羅撰而施潤澤之。」不可考矣。然就斷簡殘篇證之，大抵為宋元時民間無數個傳說，經人筆之傳之，搜羅而編輯之，成為一書，所可斷言。其後或讀而喜之，喜之而感不足，另有以增益之，又可斷言，蓋於《水滸》最初有百回本，有百十回本，有百十五回本，有百二十回本，有百二十四回本，有以知之也。

羅貫中愛作小說，夫盡人而能言之矣。至施耐庵之有無，其人則非後生所得知。顧不問有其人否，是書之筆之傳之，編輯而潤澤之，既有人在，而又其名不傳，則以羅貫中外，即以是人為吾儕理想中之施耐庵可矣。

中國從來無鼓吹平民革命之書，有之，則自《水滸》始。而《水滸》不但鼓吹平民革命思想已也。其文乃盡去之乎者也，而代以恁麼則個。於是瓜棚豆架之間，短衣跣足之徒，無不知重義輕財，無不知殺盡貪官污吏。雖今日綠林暴客，猶不免受羅、施兩公之薰陶，而其教人以重武尚俠，未始不足補其過也。

《水滸》最初本之編成，當在金元之末。此其時，正外族憑凌，民不聊生之日也，而作者乃坦然作此書，以破忠君事上之積習，豈僅為人之所不敢言，抑且為人之所不能言矣。或曰：「元之亡，明之興，流寇之亂，太平天國之紛擾十餘年，與夫民間之一切秘密結社，無不受《水滸》之賜。」作者一支筆，支配民間思想蓋四五百年焉。古今中外，與之抗手者，可覯也。施、羅真文壇怪傑也哉！

（寧）

金聖嘆（第八十八）

論《水滸》曷為及於金聖嘆？以其刪改鼓吹之功，尚有未可盡沒處也。中國人視小說為街談巷議之言，金先生則名《水滸》為五才子，晉之於左、孟、莊、騷之列，《水滸傳》原意擬宋江、吳用為俠客義士，金先生則畫龍點睛，處處使其變為欺友盜世之徒，此其意。以為小說中固有文章，乃不可沒。而又以為小說入人固深，盜不可誨也，一百數十回小說，斷然斬之為七十回，縮之於盧俊義之一夢，在金之日，自有其時代背景，即至今日，功尤多於過。若謂改得不能盡如今人意，則屬苛求矣。

《詩》、《書》、《易》、《樂》與《禮》，先孔子而有之，非孔子刪訂，不能去蕪取精，而有以授後人也。亞美利加洲，先哥倫布而有之，非哥倫布航海而發現之，又不知遲若干年而始與外人相見也。《水滸傳》先金聖嘆而有之，非金聖嘆細加點竄，竭力讚揚，又決不能如今書之善美也，然則金固《水滸》之孔子與哥倫布矣。

聖嘆於《水滸》改易處，輒注曰古本如是，實則正惜古本不能如是也。後人讀《水滸》，能讀聖嘆外書者，十不得二三焉。能看出聖嘆改易處者，更百不得一二焉。而金輒歸功於古本，使施耐庵受其榮譽，施在天之靈，自當拈髯微笑，而以言聖嘆，得不移痛哭古人之淚，以傷知音之少乎？七十回《水滸》有東都施耐庵一序，細察其文，固聖嘆外書筆調也。而或者乃以此證明施耐庵實有其人，此又令金先生鼓手大笑轉悲為喜於九泉，而欣然曰：「諸君墮吾術中矣。」

（寧）

拾遺【一】

何不讀《水滸》

予尋與客論小說，推《水滸》、《紅樓夢》為此中巨擘。而客更又為之批評曰：「《水滸》起得好，《紅樓夢》收得好。」言外之意，若謂《紅樓夢》起得不好，《水滸》收得不好也。吾昔日亦常研究稗官家言，則客之批評，初不得認為非是。唯予對《水滸》收得不好之點，頗有所感。起改《水滸》之金聖嘆相對，吾言如是。起作《水滸》之施耐庵相對，吾言仍如是也。

人謂《水滸》之收得不好者，以其不該墜下一塊隕石，上列一百單八名之星榜也。但吾亦仔細思之。不是施耐庵收得不好，乃是施耐庵佈局佈得不好。更不是施耐庵佈局佈得不好，乃是形勢所趨，不得不如此也。試思一部大書，將一百單八名好漢，零零碎碎，陸陸續續，一一置諸水泊，而畢其事也。乃不為算一篇總賬，烏可得乎？此一篇總賬，出之於論功行賞乎？非其他也。出之於安排一番乎？固已行之數四，而秩序不能一一詳列也。出之於一一死卻之乎？而又太費筆墨，且無此理也。無可如何，只得如此，於是以星榜結束之矣。

俞仲華作《蕩寇志》，指星榜為宋江偽託，以為施耐庵寫宋江奸詐，向不說明，此亦例也。施耐庵之立意是否如此，吾不得而知之。即俞仲華能為施耐庵解一層束縛，施耐庵之立意，是否如此，當亦不得而知之。然施耐庵或已明知收得不好，不能不如此，則必然之勢也。何以謂之必然之勢也？曰：「樹高幹大，枝葉蔓生，有以致之也。」吾以為如施耐庵者，秋郊野馬，電掣風馳，力盡筋疲，猶收得住，放得下，而更餘韻鏘然，猶是好手也。使他人處此，不知所可矣。

（原載北京《世界晚報．夜光》，一九三〇年二月十八日）

武大

傳有之：象有齒以焚其身。武大之被毒藥殺死，武大自殺之也。夫以大之三寸丁谷樹皮諢名觀之，不但其身材矮小，且必奇黑。如此人材，與少女任牽騾引車之職，伊或不欲？況妻潘金蓮人間尤物乎？武大不解此，以為放下簾子，關上大門，藏美妻於深樓，即可無事。

【一】 此部分為張恨水先生其他關於《水滸》文章之合輯。

不料巨禍之來，正在一挑也。愚哉武大！秦築萬里長城以防胡，且不二世，區區一門一簾，能何為也哉？

或以為武大特遇潘金蓮耳。使遇另一美婦，當不至死。又不幸遇西門慶耳，使無此事，潘即縱慾，或亦不敢殺人。愚以為不然，一兔在野，百犬逐之。一金在道，百人奪之。清河縣之大，潑皮大戶多矣。彼豈盡無目者也？有目，則必欣金蓮之美而欺武大之懦矣。苟遇辣者，雖白日殺其武大於野可也，豈止以藥鴆之而已。為武大計，度德量力，唯有送此禍水出門耳，戀禍水而不能治，死矣！

（原載上海《立報》，一九三五年十月三日）

宋江

自金聖嘆批評之七十一回本《水滸》出，人乃悉知宋江為大奸大詐。然金對宋之看輕銀子，仍甚許之。以為宋之長處在此。其實宋之用銀子，亦只是其詐術之一端，所謂欲以取之，先故與之也。夫宋身為法吏，應知盜賊所為者何事，所觸者何法。苟遇盜賊，理當嗚官。今彼則反是，廣結亡命，結為弟兄。因是江湖不法之徒，無有不知宋三郎。從寬論之，宋非居心叵測，亦獎勵作惡矣。人有錢做好事，何善不可舉？必送糧於盜，以博英雄之名，其命意尚可問乎？

雖然，封建之世，人以做官為最高職業。官而可得，則為道良多。或求之於文字，或求之於血汗，或求之於金錢，或求之於奴僕婢妾。一切卑污行為，若宋江者，則求官於盜賊之途者也。其用心固險，而其所以謀為官者則一。當其在忠義堂擺香案接招安聖旨時，實無異於十年窗下，一榜及第，故就此事論之，則宋之自謀，亦只是求官手段不同而已。不責高俅以踢球而為太尉，而責宋江以做盜而為指揮，亦尚不得其平也。

嗚呼！官而可求，不惜處心積慮以為盜，自趙宋已然矣。吾人何幸生於革命政府之下也！

（原載上海《立報》，一九三五年十月七日）

西門慶何以有錢——《水滸》人物評論之三

物以類集，在抗戰前的一些時，不少文藝人捧潘金蓮，以為她有革命性。換句話說，也就是捧西門慶。西門大官人，時代驕子哉！

在《金瓶梅》一書裡，誨淫是另一件事。但描寫西門慶這個身兼土豪劣紳的典型人物，上敲官府之門，下聯無類之黨，活靈活現，不能說是作者向壁虛構。我們想到宋元政治腐敗，權奸當道，普通人民受壓迫，有養成西門慶這類人物的可能。因為下民易欺，官府易買，有幾個錢的紳士，是無求不得的。唯其是無求不得，西門慶一個開藥店的商人，可以妻妾成群，可以揮金似土，可以甲第連雲。讀《金瓶梅》、《水滸傳》的人，也許這樣想，他的錢從哪裡來？其實，這沒有什麼難解，西門慶的錢，還是從經商得來。而經商之所以能發大財，依舊歸到上面那十二個字：「下民易欺，官府易買，無求不得。」

（一九四〇年五月一日）

蕭讓幫兇——《水滸》人物評論之四

「秀才造反，三年不成。」這話不盡然，梁山泊裡就先後有三個秀才。一是王倫，因不第而落草，彷彿事出無奈。二是吳用，那是懷才不遇，鋌而走險。三是聖手書生蕭讓，為了吳用要造一封蔡京的假信，把他賺上山的，強盜做得最無所謂。

自然蕭讓真不肯落草，便是被賺上山，吳用也無奈何他。他首先對王矮虎說：「山寨裡要我們何用？我兩隻手無縛雞之力，只好吃飯。」他連金大堅的意思也代表了，並無不幹強盜之意，只是怕幹不來而已。本來做秀才的人個個都解得禮義廉恥，則國家有千千萬萬仁人志士可用，那由唐虞三代以來，永遠是治平之世了。讀聖賢書的人，豈能一定走做聖賢這條大路？蕭讓仿人筆跡，本是幫閒材料。今入了伙，卻是幫兇。其替人捧場一也，何足責焉！

（一九四〇年五月五日）

高俅逼人——《水滸》人物評論之五

俗言有一句話：「逼上梁山」。但《水滸傳》上一百零八個好漢，真正被逼上山的，恐怕只有林沖一人。引這四字來作為恕詞，是不甚恰當的。

但就大體說，宋時君是昏君，相是奸相，權奸當道，賄賂公行，安分的良民，無可為生，不安分的東西，鋌而走險，整個梁山泊的產生，說是由朝廷逼出，也未嘗不可。作《水滸》者在這個「逼」字上，很著重高俅，上台就無故找王進的錯，逼得他逃上邊疆。天下有多少王進？所以第二次逼林沖時，林沖就走上梁山這條路了。當高俅為他兒子害林沖時，他總想著手下一個武弁，有多大能為？他沒有想到遍天下都是林沖，只待一個人去勾結成伙。

作書者寫高俅之一逼再逼終於逼出事來，是大有用意的。

（一九四〇年五月八日）

《水滸》譏笑王安石

《水滸傳》，世人稱為是一部憤書，而這個憤是屬於哪一方面的呢？我以為一言以蔽之：譏失政也。這書不但開始就寫一個高俅幸進而已。而他所寫被失政所反映出來的禍根，第一個便是保正晁蓋，第二個又是押司宋江。上層的相輔是製造強盜，下層的胥吏簡直作強盜。這個皮裡陽秋的尺寸，我們想想已到什麼程度？

宣和年間，去王安石變法不久，青苗、保甲等法，當還留在民間，而人民之窮，與夫保甲負責人之知法犯法，一至於此。這件事何待細究？若這書就出在王安石不死之日，蘇老泉何必作什麼《辨奸論》，送這樣一部《水滸》給他看看，這位拗相公，也就無詞以對了。誰說中國舊小說家言，不含有《春秋》的褒貶？

（原載重慶《新民報》，一九四二年五月十四日）

保甲制度在《水滸傳》裡

王安石變法，大為宋儒所詬病，我們總笑程、蘇之流，過於迂腐。可是「拗相公」的法，與人事不能配合，在《水滸》裡暴露了一點，可資參考。

梁山的第一個首領，是晁蓋。晁蓋是個保正，相當於現代的聯保主任，或保長。我們在小說上，看看他家是什麼排場。做強盜的人，藏在他家裡開會。雷橫、朱仝兩個都頭（相當於現代的偵緝隊連長或隊長）捉到了嫌疑犯，各擾他一頓酒，拿他五兩銀子，就把人放了。他們智劫了生辰綱，犯了案，鄆城縣官要捉他。押司宋江（相當於現代縣政府的科長）卻搶先去報信，讓他們逃走。總而言之，這位保長窩藏宵小，勾結衙門，絕不幹好事。這種現象，是創辦保甲的拗相公所未曾夢想到的事吧？

「徒法不能以自行」。立法而不配合人事，弊過於利，是可斷言的。

（原載重慶《新民報》，一九四二年十二月二日）

《水滸地理正誤》（一）

我這篇裡面所說的，是讀《水滸傳》的人，向來所忽略的一件事。而《水滸傳》一個最大的缺點，就在這裡。是什麼呢？就是地理。

《水滸傳》上所引的地名，有許多還和現在的地名相同，這是我們不必費考證的工夫，可以看得出來的。就是地名現在或有不用的，也很容易證得所在。我現在先把梁山泊老巢考證一下。在《水滸傳》第十回上，柴進對林沖說出梁山所在。他說：「一是山東濟州管下，一個水鄉，地名梁山泊……」由此，我們知道作者以為梁山在山東濟州了。我們再考一考濟州。

東晉，在茌平西南，立城。後魏，設濟州。隋，廢濟州。唐，在盧縣設濟州，河水沖廢（盧縣在現在長清縣附近）。五代周，復設濟州，在現在巨野縣。宋，沿用周制。

據上面的沿革看來，我們知道那個時候的濟州，就是巨野，決不是茌平，也不是金以後的濟寧。這個地方不是平陸嗎？何以周圍有數百里的水泊呢？原來汶、濟二水，從前在鄆城之北，會合成湖，宋朝黃河決口，水又流入，所以成了很大一個湖泊。它的界限，南是鄆城，北是壽張，東是東平。壽張的南方，有一個小山，名叫良山，後改為梁山。湖水大了，將山圍在中間，所以名梁山泊。後來黃河淤塞了，濟、汶二水，也改了道，就成為平陸。現在的雷夏澤，蜀山湖，是它的遺跡。

梁山泊的地方，既然如此，似乎不是宋濟州附近。書上大書特書濟州，無論是巨野或是茌平，都不對的。我們在這裡，還可以找個有力的證據：

《宋史目》：宋江起為盜，以三十六人，橫行河朔，轉掠十郡，官軍莫敢攖其鋒，知亳州侯蒙上書，言江才有大過人者，不若赦之，使討方臘以自贖。帝命蒙知東平府，未赴而卒。

據此，可以知道要招撫梁山，用得著東平府。東平在濟州北，當然梁山在濟州北了。可是《水滸傳》第十四回，吳用說阮氏三雄云：「這三人是弟兄三個在濟州梁山泊邊石碣村住。」又晁蓋說：「石碣村離這裡，只百十里以下路程。」按晁蓋所住，在鄆城縣東門外東溪村，鄆城在巨野之西北，靠近東平，何以晁蓋要到梁山泊下邊，轉向南跑到百里路程的濟州去呢？

《水滸地理正誤》（二）

《宋史》上曾說道：宋江三十六人橫行河朔，轉掠十郡，官兵莫敢攖其鋒。這樣說來，也不過是在黃河以北，很為猖獗。轉掠十郡，也不過魯豫幽燕各處，離著梁山泊不遠的地方，絕不能像天兵一般，可以在半空中來去，不論遠近地幹。但是《水滸傳》上所載梁山軍所到的地方，就神妙莫測，在全國都如入無人之境。現在以梁山為中心，把四圍用兵的地方，統計於下：

梁山以北

大名府今為大名縣（河北省）

高唐州今為高唐縣（山東省）

祝家莊由薊州到梁山之路上（山東省）

東昌府今為聊城縣（山東省）

梁山以東

青州今為益都縣（山東省）

曾頭市在青州（山東省）

東平府今為東平縣（山東省）

梁山以西

華州今為華縣（陝西省）

少華山華州境南（陝西省）

梁山以南

江州今為九江縣（江西省）

芒碭山今沛縣境（江蘇省）

無為軍今無為縣（安徽省）

以上各地，除了東北兩部分而外，西南兩處，是萬說不過去的（三山聚義打青州，亦極荒謬，後詳言之）。我們先說華州一戰。

華州屬陝西省，在潼關以內。若是由梁山去打華山，正是自東而西，非穿過河南不可。梁山軍馬起程，必是在水泊西岸登陸，由壽張之南，經過觀域、濮陽、衛輝、孟津、洛陽、潼關等地。那個時候，宋都開封，開封叫做東京，洛陽叫做西京。梁山軍馬若走衛輝，直撫東京之背。宋朝決不會讓他們過去。況且那個時候，金兵年年南犯，河北是東京的門戶，自然有重兵把守著。梁山軍入陝，正好穿過東京—河北這一條軍事直線。縱然瞞著過去，在打破華州之後，東京必然知道消息。馬上傳令河北各處，用兵斷其去路。梁山兵孤軍深入，插翅也難飛吧？況且洛陽是西京，又有虎牢、潼關之險，來去都不容易的。

就以華州而論，《水滸傳》也有絕大的漏洞。《水滸傳》八十五回說：「且說一行人等離了山寨，徑到河口下船而行。不去報與華州太守。一徑奔西嶽廟來。戴宗先去報知雲台觀主，並廟裡職事人等，直至船邊，迎接上岸。」【一】這幾句話，可以總結本回地理之糟。按華山在華陰縣之南，少華山在華州之南，渭河在華陰、華州之北。用不著到華州去，華陰卻在華州之東。由東京到華嶽廟進香，過了潼關，就可在華陰以北停船。和少華山正是一個東北，一個西南。梁山軍自少華山來劫使船，必定穿過關中大道（華州、華陰之間）。那個時候，華州固然是開了城，華陰卻沒有提到。梁山軍把進香官劫上山，回頭又上船到華嶽廟去，來來往往共有四次。最後入廟進香，是非經過華陰不可的。華陰官軍一點不知道嗎（華州被圍，華陰當戒嚴）？再說華嶽廟在華陰西門外五里。靈台在嶽廟南十里（此以《徐霞客遊記》為證），在嶽廟廝殺，絕無華陰縣官軍不聞不問之理。參觀《水滸傳》原書，是以為渭河在華陰之南，少華山又在渭河之南，因之本回如此作法。而且以為渭河直通華山與少華山腳下。到華州城邊。所以五十八回，又有如下幾句：「宋江急叫收了御橋吊掛下船，都趕到華州……眾人離了華州，船回到少華山。」這一條渭河，如隨身法寶一般，書上愛放在哪裡就在哪裡，無怪船是無處不可到了。然而華陰人看了，必定納悶。

【一】按《水滸傳》（北京：人民文學出版社，一九七五年初版，一九八一年修訂本），此處出自第五十九回：吳用賺金鈴吊掛，宋江鬧西嶽華山。原文為「且說一行人等離了山寨，徑到河口下船而行。不去報與華州太守。一徑奔西嶽廟來。戴宗報知雲台觀觀主並廟裡職事人等，直至船邊，迎接上岸」。

小說藝術論

談長篇小說

作長篇小說，前頭例應有個楔子。可是有些長篇小說不必要楔子，硬在前面加一個楔子，無味得很。

長篇的起法，像《紅樓夢》、《西遊記》都不好。《花月痕》更是廢話。《野叟曝言》用解黃鶴樓詩一首為起，生吞活剝，而且用法過腐，也不好。最好的要算《水滸傳》，用仁宗年間已遠一語，下面接上故事。自有褒貶在內，而能統罩全書。《三國演義》，用「話說天下分久必合，合久必分」十二字為起，亦有力量，不過下面引的史事太多，美中不足。《兒女英雄傳》，起法揭明楔子由來，未免外行。因為楔子和本文的關係，是應該暗示的。

京朝派的小說，很能代表北京中等社會以下的思想。他的起法，照例一闋《西江月》。不過不講平仄，不講韻叶，其實不是詞，更不能說是《西江月》。向來小說一行，北方是平話式的。□以《施公案》、《彭公案》、《七俠五義》，換湯不換藥，全是一路貨色。《兒女英雄傳》的作者，心胸那樣高超，他小說裡也有著者大發議論。北派小說，似乎沒法打破平話的範圍了。這與思想習慣，大概都有關係。

長篇小說，必須用章回體，若是籠統一篇，一線穿底，有許多不好處。第一，書裡的精華提不出。第二，讀者要隨便尋找一段，沒法尋。第三，為文不能隨收隨起。

若是分章，必要安一個題目，統罩全章。若是分回，回目不要用一個，必要用兩個。回目的字面，無論雅俗，總要對得工整，好讓讀者注意。

（原載北京《世界晚報》，一九二六年十一月三日、四日）

有感於小說家之疑案

小說家言，大都樓閣憑空，寓言十九。如畫家之畫山水，只求意境悅人，初不必以何處為模範，而乃對之揮毫也。顧理想為事實之母，小說家所造之意境，苟在宇宙之內，則有事實與之吻合，亦未可料。譬如《封神榜》上所述之神話，固已極光怪陸離之能事。然而今日之腳踏車，絕似哪吒之之風火輪，今日之飛機，絕似雷震之肉翅，豈作者所可預料乎？更有奇者，據今日《海外奇談》所載，小說家臆造之情節，竟有人承認。是則天地間事真有不可思議者矣。予年來為職業所迫，好為小說，窮篇累牘，至今未已。為文既多，難免不有類於「失戀的她」之事。故特表而出之，以告讀吾文者焉。

〔附〕小說家疑案（新）

▲意造情境竟有人承認

家庭雜誌之編輯史蒂倍孫，會於前數年撰一長篇小說為「失戀的她」。內中所述，大致係一婦女出嫁後，發見其夫種種秘密因此互生疑忌，致受失戀後之痛苦，全文頗冗長，乃分為數期登出。詎意五四期後，有署名□□女士者，自波斯頓發一函來，謂所著之「失戀的她」，完全是伊所經過的事實。現在伊的丈夫，因受刺激，已遠遊赴英。如果見著此篇，將疑伊宣佈他的秘密，難免施以報復，可否停止刊登云云。史氏處此，並不因之而阻，不過心中懷疑，何以臆造之情節，竟能有人承認。如此疑團至今尚無從解決。

（原載北京《世界晚報》，一九二六年十一月二十一日）

長篇與短篇

（一）

近來常有讀者不棄，致書與我，詢問小說作法。吾雖以此為業，然以吾所業，合之於文學原則，舉以告人，則實無所謂能。假曰能之，則按章為節，等於演義，要亦不適於報章之揭載也。茲姑於傭書之餘，就立刻想到者，隨錄若干，以事補白，作讀者之讀助，不必即引以為法也。

長篇小說與短篇小說，其結構截然為兩事。長篇小說，理不應削之為若干短篇。一個短篇，亦絕不許搬演成一長篇也。

短篇小說，只寫人生之一件事，或幾件事一焦點。此一焦點，能發洩至適可程度，而又令人回味不置，便是佳作。

長篇小說，則為人生之若干事，而設法融合以貫穿之。有時一直寫一件事，然此一件事，必須旁敲側擊，欲即又離，若平鋪直敘，則報紙上之社會新聞矣。

短篇小說，不必述其主人翁之身世，有時並姓名亦省略之。而長篇小說，則獨不許。因短篇小說，僅在一件事之一焦點，他非所問。長篇欲旁敲側擊，自必須言主人翁之關係方面，既欲知主人翁之關係方面，主人翁之身世，不得不詳言之矣！中國以前無純小說之短篇小說，如《聊齋誌異》，似短篇小說矣。然其結構，實筆記也。

（二）

筆記與短篇小說，有以異乎？曰：有。其異在何處？一言蔽之曰：有無情調之分耳，古人筆記，固亦有情調者。然此項情調，只是一篇中有若干可喜之字句，非對於一事，有若何著力之描寫，《虞初新志》所撰各短篇，幾乎完全類此。然其文中，無論如何，必注重述事，而輕於結構，故終不能認為純小說也。

長篇小說，亦有注重述事者，若《列國演義》，然舊小說令人不能感興趣者，亦以《列國演義》為甚，此可以知小說與歷史之必異矣。

長篇小說團圓結局，此為中國人通病。《紅樓夢》一打破此例，彌覺雋永，於是近來作長篇者，又多趨於不團圓主義。其實團圓如不落窠臼，又耐人尋味，則團圓固亦無礙也。

（原載北京《世界日報·明珠》，一九二八年六月五日、六日）

短篇之起法

我們要談到短篇小說，先要商量他的起法。作小說也和作詩一樣，敷衍的起法固然不好，平鋪直敘的寫法也要不得。現在許多新派的小說，多半是用寫景起，像什麼蔚藍色的天空，或者一個岑寂的夜裡，千篇一律，毫無意思。固然，寫景起也是一法，但是這一片景致，必須和書中結構，有密切的關係。總之，寫景也是在作小說本文，絕不要把這一段景致，當作入題的套子，而是這種寫景之句，也不宜太多，以免拖沓。

「在一間小書屋坐著一個少年。」這也是新派小說的老帽子。且不問其是老套子不是，一念之下，便覺得枯寂無味。我記得有人譯《弱妹救兄記》的開頭說：「嗟夫，吾兒其死矣。言者為一老農……」

這種起法，非常跳脫，而且極合西文的筆法。我們讀小說的人，看到這幾句話，沒有不注意往下讀去的。若直譯為：

唉！我的兒子要死了，一個農人說……

如此說法，下面固然不好接，就是文勢也平淡得多。讀者必以這是文言白話之分，那也不然。我們再把文言譯成白話試試：

唉！我那兒子恐怕是死了，說這話的是一位農人……

我們咀嚼這種文勢，也就和文言差不多了。

寫景起、敘事起，都無不可。但最能動人的，莫如描情起。這樣起法，是容易引起讀者興趣的。我曾作過了一篇《工作時間》，是這樣起的：

小說家伏案構思，酸態可掬。文中時方狀一劍俠，舞劍有光，光閃閃逼人，筆意至酣也，忽有一溫柔之物，加諸肩上……

開首使用這些風趣的筆墨，最能使主篇不呆板，但也不可太趣。太趣，就不免油腔滑調了，至於像《聊齋誌異》那種報名式的起法，偶然為之，也未嘗不可。但報名之後，就不可背履歷過多，要趕快由他的性情或行為上，遞入一件事，歸到本題，不然就是筆記了。

短篇小說，原不用首尾相照，但能相照，那尤其得有精神。不過倒裝法，把結果寫在前頭，照後來徑入題，不可為常。而且倒裝要極含糊，不然，結果人都知道了，這小說讀著還有什麼意思呢？

（原載北京《世界日報·明珠》，一九二八年六月二十日）

小說與事實

小說家雖不免借事實為背景，然而當以事實章就文字，決不以文字章就事實。故事實而入小說，亦十之七八，非事實矣。某不才，尚知天壤間有公道。好好惡惡，必社會同情者，初不以個人之見解，而加諸膝，而墜諸淵也。畢倚虹【一】先生，予所心折，然其為人，友朋中頗有微議。如《人間地獄》中寫江潮源事，完全虛造，而又故意與人以索隱之地，毀其人甚深。實則所括牛斯洋行之江某，偶因私事得罪畢先生耳。倚虹死且久，不願多摘先死者之短，錄此，可以知恨水之為恨水耳。此覆讀小說者。

（原載北京《世界晚報．明珠》，一九二九年三月二十九日）

【一】畢倚虹，即畢振達，清末民初上海灘無人不曉的小說家和報人。曾是《時報》的主筆，先後主持副刊《小時報》，一九二五年創辦《上海畫報》。著有《人間地獄》、《極樂世界》等小說。

《玉梨魂》價值墮落之原因

在十年前，二十歲以下之青年，無人未嘗讀《玉梨魂》，以言其銷行之廣。今日新出刊物，如魯迅、張資平諸人所作，均不能望其項背，惟張競生之《性史》，差勝之耳。曾幾何時，「玉梨魂」三字，幾為一般青年所未知。而稍讀三五冊小說之人，亦向著者作猛烈之攻擊，即向之好之者，亦不惜惡而沉諸淵也。

一般人考此之事之由來，以為其故有二。（一）文字堆砌；（二）思想落伍。關於此二點，吾以為一言以蔽之，缺少小說的條件。其實小說不怕堆砌，亦不怕思想落伍也。蓋一部小說之構成，有四大要素，曰：情、文、意、質，而質的部分，與情又甚混合，然細辨之，亦實為二，如《紅樓夢》中之三宣牙牌令，敘事體，質也。然其事之如何支配，使讀者喜閱，此則須在有情調，其間如鴛鴦之行動與言論，及劉姥姥之詼諧，皆其一端。有質與情矣，而文必須有以達之，如《紅樓夢》元妃省親一段熱鬧之中，雜以淒愴，情質均佳，如文不達意，又毫無意味。曹氏寫來，恰到好處，故令人欣賞備至，至其意，則為下部無好結果，先極力一揚，言富貴之不可恃也。

吾人再試觀《玉梨魂》，對以上四點，究竟若何。其質的方面，不過一書生戀一幼孀，因守禮而自封，固極簡單，而章法又是平鋪直敘，並不見情調（情調是最忌直率的）。至於行文真如秀才寫賣驢文契三千言不見驢字，實是浮泛，非堆砌也。惟命意則尚不惡，蓋對婚姻不自由，及舊禮教害人，表遺憾者耳。顧情質文三點，均不能成立，而其意義，遂亦埋沒矣。此玉梨之為玉梨，而竟成道旁苦李也。

此外，予尚有一言。即是書曾轟動一時，論近二十年來之文字史，此書尚足佔其一頁之地位，又不幸中之大幸矣。至於謂其文字堆砌，然堆砌得法亦無大關係。思想落伍云云，在小說界尤不成問題，現在真能到民間去之小說，幾何而不思想落伍耶？故《玉梨魂》之落價，原因在彼而不在此也。

（原載北京《世界日報·明珠》，一九二九年七月九日）

《金瓶梅》

以文藝眼光過之之感想，《金瓶梅》一書，為自好者所不願道。予為小說迷時，此書不讀，認為遺憾，故亦極力搜索觀之。當時只覺其為淫書，棄置十年，未嘗再讀。其後余對小說，頗欲加以研究，人近中年，亦不嫌其有挑撥性，於是又於工作之暇，檢視一遍。竊以為除卻誨淫之處外，固亦不失為社會小說中上品也。

書中寫西門慶，只是一個兇狠的淫徒，風流溫存，一概不懂，而於揮霍錢財，則不甚吝惜，此頗寫出富家子弟之一般現狀。十兄弟應伯爵、謝希大等均長於西門慶，而以西門慶有錢，稱之為兄，罵盡世人。其間十弟兄之逢迎西門慶，亦無所不至，而其於拜弟兄時，出八分銀子之分子，及西門慶死後若干日，尚偽為不知，皆能寫出市井小人齷齪原形。又西門慶死後，婢妾分散，僮僕拐逃，將如火如荼人家，寫得冷淡冰消，亦有章法，打破以前小說之團圓主義。此書實出《儒林外史》、《紅樓夢》前，而外史之寫社會齷齪，紅樓之寫家庭盛衰，亦即各襲《金瓶梅》之技，發揚而光大之也。《金瓶梅》之於少年，誠不應看，然其書之價值，實在《杏花天》、《燈草和尚》之上，用文學眼光看之，固不忍一筆抹煞也。

書中寫女性，均是一班淫蕩之人，而人各有其個性。如潘金蓮之毒狠，李瓶兒之柔懦，吳月娘之糊塗，李嬌兒之刁滑，均各有一副面孔，其各女子口吻，亦頗妙肖，徒以寫淫蕩之處，太赤裸裸地，遂不能為文藝界公開之研究物，良可惜耳。

（原載北京《世界日報．明珠》，一九二九年八月十三日）

小小說的作法

《明珠》的讀者，近來有許多小小說的稿子投來，大家好像很是有趣似的。然而，我檢查之下，覺得大家有一點錯誤。這錯誤是什麼？就是小小說的組織，只是在一反與一順的文理。

固然，短篇小說的組織，是要有一個交錯點，只是這個交錯點，並不一定在文字裡要表現出來，鄙人作的《死與恐怖》，樹先生作的《插旗的大車》是個明證。此外，小小說，還有寫一個極簡單極單純的感想或環境的，很不容易動手，他日有工夫，當寫一篇出來，大家研究。

（原載北京《世界日報·明珠》，一九二九年九月十四日）

小說也當信實

一部《三國演義》支配大半個中國社會思想，小說之力，豈不偉哉？但《三國演義》之厚誣古人處，正復不少。如周瑜本是一位寬宏大度人物，少年就曾指囷贈友，《演義》卻形容他成了一位氣量狹小的漢子，卑鄙幾近於小人。公瑾何辜，飲冤千古？

趙甌北說：文壇代有才人出，各領風騷數百年。以中國社會之進步，教育慢慢普及，《三國演義》的鴻運，再不會有好久的時代了。中國當有高爾基或者雷馬克的作家出來，另以新作來領導社會思想。果有其人，我倒願早獻一言：小說也當給社會留些信史，好比渲染關羽，不妨過火，描寫周瑜，卻千萬不可顛倒黑白。五步之內，必有芳草，小說作家內亦有董狐在乎？予日望之。

（原載重慶《新民報》，一九四〇年九月十日）

武俠小說在下層社會

××兄：

您要我寫點雜感，我很為難。我常和朋友定約，別拉我演講，也別拉我寫雜文，硬是推不掉。演講我就講落了伍的章回小說，雜文我就寫點風花月扯淡的東西。我想，你們根本不和人幫閒，我也不好意思在你報紙上扯淡。那末，三句話不離本行，我還是談點章回小說罷。若是您認為還不算過分敷衍的話，以後，有工夫就談點章回小說。但是我保證，決不藉著章回小說散毒菌。現在，我先來談散在下層階級裡的章回體武俠小說。手邊沒書，全是靠記憶寫的。如有錯誤請代為糾正。下面是我對武俠小說的感想。

中國下層社會，對於章回小說，能感到興趣的，第一是武俠小說，第二是神怪小說，第三是歷史小說。愛情小說，屬於小唱本（包括彈詞），只是在婦女圈子裡兜轉。江浙人有一部分下層社會，也愛看愛情故事，但那全是彈詞，不屬於章回範圍，這裡不談。所以概括地說，中國下層社會裡的人物，他們的思想，始終有著模糊的英雄主義的色彩，那完全是武俠故事所教訓的。這種教訓，有個極大的缺憾。第一，封建思想太濃，往往讓英雄變為奴才式的。第二，完全是幻想，不切實際。第三，告訴人的鬥爭方法，也有許多錯誤。自然，這裡不是完全沒有意義的。武俠小說，曾教讀者反抗暴力，反抗貪污，並告訴被壓迫者聯合一致，犧牲小我。因為執筆者（包括說話人）他們不能和讀者打成一氣，他們所說，也只是個「想當然耳」，所以他們的說法和想法，不是下層社會心窩子裡的話，也就不能幫助他們什麼。

那末，為什麼下層階級被武俠小說所抓住了呢？這是人人所周知的事。他們無冤可伸，無憤可平，就託諸這幻想的武俠人物，來解除腦中的苦悶。有時，他們真很笨拙地幹著武俠故事，把兩隻拳頭，代替了劍仙口裡一道白光，因此惹下大禍。這種人雖說是可憐，也非不可教。所以二三百年前的武俠小說執筆人，若有今日先進文藝家的思想，我敢誇大一點說，那會賽過許多平民讀本的能力。可惜是恰站在反面。

截至現在為止，武俠小說在下層社會勢力最大的，是如下幾部分：

《彭公案》、《施公案》、《濟公傳》、《七俠五義》、《小五義》及七十一回本《水滸》。此外如《七劍十三俠》、《五劍十八俠》、《隋唐演義》，也擁有相當的讀者。《彭公案》、《施公案》是康熙、雍正年間的說評書人底本，乾隆年間出版。《七俠五義》來源相同，出世稍晚，是北人石玉崑寫的，原名《忠義俠烈傳》，又名《三俠五義》。俞曲園後加修正，改名《七俠五義》，比較上是有點文藝性的作品。《濟公傳》，原是明人的《醉菩提》，其原書不過十回。到了清代改為《濟公傳》，一續再續，有七八續之多，完全是說評書人胡鬧的底本，最缺乏文藝性（但《醉菩提》相當幽默）。《水滸》、《隋唐》來源，人所周知。七劍八劍，無從考證，總括地說一句，都是清初以來，盛行民間的書，他們所反映的，也是那個時代的社會。若要找社會背景，倒是彭公、施公兩案，含有著豐富的材料。這兩書裡，告訴了我們奴才主義橫行天下，清朝帝室管「皇糧」守「皇莊」的小奴才，整百萬畝地沒收人民的土地。而且魚肉人民，賤視官吏，無惡不作。其次是無官不貪，綠林中人，簡直不單稱官，而統稱之曰「賊官」。保甲長是小奴才的小奴才，和土豪劣紳打成一片。於是乎，農村社會，被迫著只有走上兩條路：其一是各村築堡自守，但必須一方面敷衍奴才，一方面與盜匪妥協；其二是乾脆去當強盜，整個村子化巢穴。大地主當寨主，佃農和自耕農當嘍囉。這樣，中國變成了寸步難行的國家（至少黃河兩岸，淮河兩岸是如此），大路上到處是黑店，商人搬運貨物，沒有人保鏢，休想走。親民之官，如知府、知縣，裝著一概不知。上面的人更是不管，一切聽其自然。文學史上，不是告訴我們，這個時代，由考據到一切文藝（除了談理學的文藝，因為那包有民族思想問題在內），都在勃興中嗎？而社會卻是黑暗到如此。這可見廟堂文藝和人民不關痛癢到什麼程度了。

雖然，人民的不平之氣，究竟是要喊出來的。於是北方的說書人，就憑空捏造許多俠客鋤強扶弱，除暴安民。可是他們不知道什麼叫革命，這八個字的考語，不敢完全加在俠客身上。因之在俠客之外，得另行擁出一個清官來當領袖。換一句話說，安定社會的人，還是吾皇萬世爺的奴才。因為如此，所以他們寫出來的黃天霸、白玉堂之流，儘管是如何生龍活虎的英雄，見了施大人、包大人就變成一條馴服的走狗。試就《施公案》說說，由剪除大惡霸到小土匪的指揮官，都是施大人。而製造惡霸土匪的貪官污吏，卻輕描淡寫地放過。只是在強盜口裡多喊幾聲賊官而已。這樣的武俠小說，教訓了讀者，反貪污只有去做強盜。說強盜，又不能不寫他殺人放火，反成了社會罪人，只好再寫出一批俠客來消滅反貪污的強盜。而這些俠客呢，他們並非社會的朱家、郭解，都是投入衙門去當「捕快」，充當走狗。以俠客而當捕快，可謂侮辱英雄已極，作者自己，大概也難於自圓其說，只有他們是擁護清官，便又寫一批反貪污的強盜，也來投降當走狗。因之，他們的邏輯是由反貪污當強盜，再由反強盜而當走狗，這才算是英雄。這種矛盾複雜的說教，請問，知識有限，甚至不曾識字的下層社會大眾，有什麼手腕來處理？所以他們崇拜英雄的認識，是十分模糊的。不過，公道究竟是存在人心的，你只看搬演施公的京戲，在《三義絕交》裡面，並沒有人同情黃天霸。而對《連環套》這齣戲，觀眾都是百分之百，同情竇兒敦。可見以英雄而當走狗，卻非大眾所許可。只是武俠小說，並不讚揚民間英雄，讀者也無從去學習。你儘管不贊成當走狗，卻也不能在走狗以外你做一個標準英雄。因此，有一部分人，反模糊地走上了綠林的一條路。總括地來說，武俠小說，除了一部分除暴尚可取而外，對於觀眾是有毒害的。自然，這類小說，還是下層社會所愛好，假如我們不能將武俠小說拉雜堆燒的話，這倒還是談民眾教育的一個問題。

（原載重慶《新華日報》，一九四五年七月一日）

《兒女英雄傳》的背景

在清朝二百多年間我們真沒想到，最初兩個成功的章回小說家，都出於旗人。第一個自然是曹雪芹，他是漢軍旗人，成了《紅樓夢》千古不朽之作。第二個卻是滿族費莫氏文康（字鐵仙）作下了一部《兒女英雄傳》。筆者零碎在報章雜誌上，所收得關於文康的身世材料，大概他是滿族鑲白旗人，家住在北平海甸附近（也就是安水心之家了）。他是個不第的舉子，文學有相當修養。因為出自旗人是個有錢階級，也是個有閒階級，早年是過著公子哥兒的生活，旗人的吃一點兒喝一點兒樂一點兒，「老三點兒」主義，他全有。晚年，兒子們不爭氣，以十足紈絝子弟的生活，傾沒了他的家產。他受著刺激，下帷讀書，還中了點兒朱程理學的毒。本來滿族人是不愛談朱、程的，因為其中多少有點兒思想問題，他這一變已有點兒奇怪了。同時，他是個不第的舉子，以久居北京，對政治也有點不滿。因之他對當時一個盛傳著「呂四娘刺死暴君雍正」的故事，也有點愛不忍釋，於是不平淡的生活，憤激的思想，新奇的故事，有閒的歲月，讀書有得的文學修養，這五者融合為一，讓他作成了這部《兒女英雄傳》。

「說其書，不知其人可乎？」我們了解了文康的為人，就知道近人讀《兒女英雄傳》，痛惜他化神奇為腐朽這一點，毋寧認為是當然的結果。因為他生活的反映，不會寫得比這更好。我們不妨再來解釋一下：第一，他痛恨他的兒子的敗家，他就幻想出一個安公子龍媒來大大地安慰一下。安龍媒不但中了探花（清朝初例，旗人不點元），而且是個孝子呢。第二，根據傳說，呂晚村的女兒呂四娘，是成功之後，嫁了一個孝子的，而這孝子還是文士。《聊齋》上《俠女》一篇，不也是這樣隱射著嗎？於是文康就把這個俠女收做了他的兒媳婦。他用十三妹三個字，隱射著呂四娘。他又怕這犯了忌諱，解說著十三妹是何玉鳳的玉字拆開的。第三，他自己幻想出一個安水心來寄託著，不但道德（當時的道德）文章都好，而且也會了進士。也許他家祖和父，有人吃過貪官的虧，他就現身說法，作了一任知縣，在河漕總督手上栽了個大筋斗。河漕總督，是當年最能貪污的一個肥缺，他在舉世公認之下，毫不隱諱地寫下來。第四，雍正被刺而死，這是當時一個盛大的傳說，因為他頭一晚上還活跳新鮮，第二天早上就死了。國人是不能無疑的。雍正弒父殺兄，屢興大獄，一手養成「血滴子」的暗殺團，滿中國殺人。漢族知識分子，稍有不遜，都全家族滅。這是一個不折不扣的暴君。不但漢人，也許滿人都膽戰心驚。一旦被刺，這是大快人心的事。可是文康究竟是個奴才主義者，他不敢寫，也不忍寫，就把呂四娘之行刺雍正，變為謀殺「血滴子」頭領年羹堯。書裡的紀獻唐隱射年羹堯三字，是再明白沒有的了，但文康既宗學朱、程，他不能同情刺客而作刺客列傳，所以寫紀獻唐是被正法的，直用了年羹堯的故事。而十三妹有報仇之心，無報仇之事，也符合了作者那份兒迂腐的思想。這樣解釋，便可知道文康在他的兒女英雄之見解下，怎樣作成這部書。論他的全書，和中國多數章回小說家一樣，是託諸幻想，來聊以自慰的。不過論其動機，我揣測著他還是太愛惜呂四娘這位女英雄的原故。

回頭我們再就書的文藝價值說。本書原名「五十三參」，有五十三回，現傳的卻是四十回。十三回失傳了。另有三十回，是說評書人續寫的等於胡扯的《濟公傳》，不足一觀。所以我們只能說正本四十回。先論佈局，前二十回很好，故事的運用，也很緊湊。自安龍媒點元以後，就有些扯淡。在個性的描寫上，前一半也相當成功。十三妹、鄧九公、舅太太、張老實、張親家太太，都寫得恰如其分。就是寫安龍媒一時是無用的書生，一時是要變成紈絝式的名士，都也把握住個性的發展（不過做了官就完了）。寫安水心，現在看來，有點像偽君子，是《紅樓夢》賈政型的。不過紅樓是有意這樣寫，而文康是無意地流露。大概他的思想，是以這種人為正確的吧？後半部故事壞了，人也就壞了。到安龍媒被任命為烏里雅蘇台大臣，全家像聽到宣佈死刑，這一幕悲喜劇，也小小地暴露了旗人是怎樣地對付國事。可惜全書很少這樣委婉而又深刻的描寫。由悅來店到紅柳村這是書中一個高潮，寫得有聲有色。也可惜後部幾個高潮，越比越壞。總而言之，是受了作者思想的拘束，一定要「化神奇為腐朽」，以致創傷了全部主角。對河漕大人的貪污描寫，也嫌不夠深刻。最後，讓這位談大人去趕廟會畫三花臉兒唱道情，也可見作者對於貪官，有一種不可忍耐的笑罵。此外，道路難行，強盜結案，和尚設地窖，民間秩序之糟，和其他武俠小說一樣，並無顧忌的敘述，這雖落了武俠小說的窠臼，也可見當年強盜遍地，為統治階級不諱言的一件事。以文康的身份，他描寫落草的強人，並沒有說教的企圖。這又可以反映到當時社會的思想，還不免把忠義寄託在上風殺人，下風放火者的身上，我們不能不為當年一班老祖父，嘆息幾聲。其他對科舉，對官場，都也有點兒暴露。雖是粗枝大葉地寫來，卻也不少供給研究清代社會者一番咀嚼。

《兒女英雄傳》的對白，太好，有些地方，簡直勝過《紅樓夢》，純粹的京白，流暢的語氣，相當合乎邏輯的文法，章回小說裡，很難找到對手。書裡許多俏皮句子，也有其幽默感。雖然有時囉嗦一點，似乎不怎麼討厭。近時文壇，除了老舍兒，很難找到能寫出這種漂亮對話的。至於書裡，常常跳進作者敘述一頓，這是不可為訓的。可是章回小說，受說評書人的影響，北派小說家就有這麼個習慣，也不能獨責文鐵山。至於意識方面，本書是不必去嗅察就知道有一種濃厚封建氣味的。我們只有在時代上面，寬恕了作者。本書原不必讓他在民間普及，可是北方民間，除了《紅樓》、《水滸》、《三國》，恐怕他的深入性也不會讓過《封神》與《西遊》（武俠小說除外）。好在科舉早已過去了，這種勸人讀書中狀元的說教，也許不會流毒太深。至於欣賞文藝者，我倒勸他不必抹煞這部書。

最後說句題外的話，呂四娘刺殺雍正的故事，雖然當時盛傳，恐怕還是民間無可奈何的幻想。我疑心不可能。至於雍正的確暴死，也許事出宮闈，因為「一舟敵國」，宮裡也不少他的仇人啦。

（原載重慶《新華日報》，一九四五年八月五日）

小說的關節炎

長篇小說中的關節，的確不容易，由這事渡到那事，必須天衣無縫，使人絲毫看不出來，這才是高手，否則硬轉硬拐，不僅接不上氣，讀者也不能聚精會神了。

舊小說多半是「花開兩朵，各表一枝」，或者是「按下不表，且說……」可謂其笨如牛。新的小說中，另有辦法。然而弄好了的也不多。

當年劉半農曾經大大地挖苦過一陣，他擬了一個格式，即是「老王去找老劉，半路上遇見老李，於是寫老李回家，由老李回家，在街上碰到趙大和孫三打架，於是敘上了趙大，結果是紅頭阿三來排解，趙大、孫三都跑了，底下就拉住紅頭阿三不放，等到紅頭阿三下班，又瞧見了錢六，趕緊寫錢六，錢六當晚應個宴會，於是老侯、小馬、周七，一齊出場，亂成一片，結果，老王找老劉的事早丟到天外去了」。這個是開玩笑，但確有此種情形。

平江不肖生（向愷然）的《江湖奇俠傳》總算是膾炙人口的小說了，但他也犯這個毛病，正說兩派之爭，忽然說到某甲的學藝，由某甲又說到他師傅某乙，便又由某乙從師傅某丙談起，某丙有一天上山打柴，遇見了老虎，打不過牠，被某丁一箭將虎射死，底下就寫上了某丁，由某丁說到他的妹妹某戊，而某戊又是跟老尼某己學的，某己是高僧某庚的徒弟，結果把兩派之爭全忘了。

這些硬渡的辦法，無以名之，名之曰「小說的關節炎」。

（原載北京《新民報》，一九四六年四月十七日）

章回小說的變遷

什麼是小說？照普通人看來，凡敘述民間小事，情節動人的，這個叫小說。但是這不能歸入小說的定義。我們就拿《三國演義》來說，這豈不是歷史上的大事嗎？怎麼也叫小說呢？我個人的意見，應該說：「凡是宇宙間的故事，說起來很動人的，這個叫小說。」

我們首先要考一考，「小說」二字的來源。《莊子．外物》篇上說：「飾小說以干縣令，其於大達亦遠矣。」這是最古的「小說」兩個字。但是那個時候的小說，與現在的小說，完全是兩回事。下及隋朝（唐朝已經有類似小說的抄本，不過詞句非常拙樸，這在敦煌石窟裡發現的），都是此類。《漢書．藝文志》說過，「小說家者流，蓋出於稗官，街談巷語，道聽途說者之所造也」。不過，這個書自唐朝以來，已是亡個乾淨。好在它是街談巷語，完全寫些小事，我們可以想得出來的。

唐朝雖然有書，但也不過萬來言短篇故事（《秋胡》、《唐太宗入冥記》等），而且抄的別字很多，也不為文士所喜歡。但是不為文士所喜歡，卻是民間喜歡這類故事。傳到宋朝手上，皇帝都要看這一路書。《七修類稿》上說：「小說起宋仁宗，蓋太平盛久，國家閒暇，日欲進一奇怪之事以娛之，故小說『得勝頭回』之後（後面有說『得勝頭回』故事那時再說），話說趙宋某年。」這就是小說這類文章，已經打入宮廷了。然這裡小說，已經不是《新唐書．藝文志》裡的小說，完全是《都城紀勝》、《夢粱錄》上面的，「話說人分四家」這一路了。

說到這裡，就是南宋（都城為杭州）、元朝，這連接年間裡。這南宋「說話人」，好像現在唱大鼓書一樣，頗為盛行。我們所認為小說，大多數是仿他們「擬話本」來的。因為就是那個時候，先生教徒弟，就以他所說的「話本」相授。我們看到這「話本」，有些文字頗欠工夫，就搞了個「擬話本」出來。當然我們看了「擬話本」，比「聽話」所費的工夫，耗的鈔財，那節省得多；這就是小說興起原因之一。

「說話人」分四家，哪四家呢？「說話人」說的，統名之為小說，小說細分為四家，我現在擬個表如下：

- 小說
  - 銀字兒
    - 煙粉
    - 靈怪
    - 傳奇
  - 鐵騎兒
    - 公案
    - 朴刀—杆棒—妖術—神仙
  - 說經——佛書
  - 講史——講述歷代爭戰之事

不過這個表裡，也有分別的說法。就是「公案」這一路，歸之於「銀字兒」。「銀字兒」、「鐵騎兒」統名之為小說，餘外「說經」、「講史」，那就不名為小說。但是這話，很難說的。比如說「靈怪」，這就和「妖術」差不多，「神仙」和「說經」也極為相似，戰爭和「朴刀」、「杆棒」，也有類似之處。至於有的名為小說，有的不名小說，那更是不好強為分開。所以宋朝認為怎樣好，我們就也以為怎樣好罷。

「說話人」既認為「話本」為他不傳的秘本，所以章回小說以倚靠「話本」為準繩。他們頭裡有「詩話」，有「詞話」，有「得勝頭回」，文裡有「花開兩朵，各表一枝」，有「看官」，有「欲知後事如何，且聽下回分解」等等詞句。這是「說話人」對「聽話」人說的話。這裡的「詩話」、「詞話」，是一首詩或者一闋詞，和這故事有關，拿來說一遍，然後引入正文。至於「得勝頭回」，若不說出它的原故來，就令讀者莫名其妙。因為從前，說書的在各處敞地說書，先把喇叭一吹，號召聽眾。這喇叭所吹的，曲牌子就叫「得勝令」，這裡省了一個字罷了。頭回，是書上的第一回。書上用了這「得勝頭回」，就是說，給下面這一段書，作了個引子。

我說「擬話本」的時代，這是小說第一時期，大概從唐宋時期起，至明初止，這是短篇小說最流行的時期。到了元朝時間，有了《三國志平話》和《水滸傳》，又到《三國演義》，這時，長篇小說，慢慢乎興起了。而同時在「擬話本」裡，文字上也仔細一點。這是在明季中葉，算是第二時期吧。後來《西遊記》、《封神榜》，一直到清朝出了《儒林外史》、《紅樓夢》，自明朝末年起，到清朝中葉止，這就是第三個時期，也是章回小說最活躍的時期。我們看《儒林外史》，那話多麼俏皮。又看《紅樓夢》，那場面多麼偉大。至於「擬話本」那些短篇小說，不但是沒落，簡直中斷了。自《紅樓夢》那時起，一直到現在，至少是第四個時期了吧？若論小說的名字，那真是浩如煙海。不過論到章回小說本身，這裡還沒有哪一本小說，夠得上和《紅樓夢》、《水滸傳》比上一比的（我這裡論章回小說，別的小說不在內）。不過文章詞句裡面，這又有一點變遷，好壞那另為一說，這就是用「話本」的老路子，越發的少了。

因時代的轉變，章回小說受了轉變的影響，也就變化起來了。不過這變的範圍，似乎還很小，我們幹這行的，也看到這一行沒有起色，就轉向別的方向去了。我們本應當變的，因為看死了不變，這就莫怪人家往另方面跑。比如說：「欲知後事如何，且聽下回分解。」我們看，這裡有一個「聽」字。我們要不是對人講話，這聽字就用不著。我們拿了書，讓大眾觀看，根本上不能聽呀。這本是「擬話本」的人，故意裝成對大眾講話的樣子的。後來作書的人，未加審察，也就這樣子用著（我初年也是如此），其實，是不對的。

這就要說上這個「回」字。回，就是一章的「章」字。在小說上，有時寫成「章回」兩個字，也是作一回講。這有好的例子，這裡不是一段交代之後，說「且聽下回分解」嗎？這就是這段書完了，下一段再來分析。所以「說話人」在說書時，一回書完了，把驚木一拍，這也就是說這一回書完了。

我們現在可以談談宋人留下來的小說，給我們一點摸索的影子。我們現在只談兩種書，一是《大唐三藏取經詩話》，一是《武王伐紂平話》。這兩種書，大約都是宋朝人作的，不過此書出版，「詩話」本有「中瓦子張家印」，這是南宋杭州書店招牌，所以認為是南宋本。不過也許這個張家，雖然經一度大變，說不定還依然存在，開著書店。所以「南宋本」也要加一個問號。《武王伐紂》一書，那就證明完全是元本。

這兩種本子看定了何年出版，我們再看它的內容。這「詩話」本，沒有回目，但是有「入香山寺第四」，「經過女人國處第十」等等小題。至於「平話」本，除了有詩句而外，那就一線到底，沒有回目的。所以我們摸索，元末明初羅貫中撰《三國演義》，開始才有目錄（在前元時《三國志平話》，沒有回目）。但目錄開始的時候，並不好，而且有一回一個回目的，像《封神榜》就是。到後來慢慢地改良，像《花月痕》它的回目，極為整齊。這在小說成為大眾讀物的時候，已在五百年以上了。

我們看小說，那樣成為人的嗜好，明朝才有的。可是聽說書，在唐朝就有了。李商隱的詩，「或謔張飛胡，或笑鄧艾吃」。這是一個證據。不過那時，就是聽「說話人」講故事。至於「話本」留傳，在宋朝末年才有的。而且這種「話本」，是極為粗糙的，經文人仔細地刪改，而後才有小說可讀。但那個時候，小說終為不登大雅之堂的，雖有二三部為不朽之作，究竟是太少了。直到後來，《儒林外史》、《紅樓夢》，這些作品問世以後，彷彿開放了一點。不過經了那麼多歲月，已經是太長而又太長。而且那反動政府，像以往那些政府一樣，一般對這章回小說，不屑一看。我們稍微有點希望，還是民間愛好。我們幸得這民間愛好，才有我們這班人弄章回小說，就這樣勉強過了幾十年。

現在好了，在共產黨領導之下，非常重視文藝工作。對我們這班作章回小說的人，給我們許多便利與照顧。就我私人說，黨對我的創作以至個人的生活都無不關懷備至。因此，我希望章回小說家，努力創造，能夠多寫幾本大家愛看的書。

最後，關於章回小說，我還想說以下幾點：

第一，這章回小說，大部分是「擬話本」的，我們首先要研究它的優點與缺點。第二，它的優點，大部分是這樣，如說話好，故事非常豐富，結構也很緊密，最好的是一線到底。第三，人物動作似乎太少了。「小動作」更少。至於寫景，也少得可憐。第四，關於分回，那當然不動為是。可是它那些套語，像「各表一枝」、「且聽下回分解」、「有話即長」等等無關重要的句子，可以去掉。第五，如「得勝頭回」等類，無論是短篇或長篇，可以不要。第六，關於回目，還是要的好，它能夠吸引觀眾，從何處注意，既然是要，做得工整一點好些。我想到這些，當然還有。至於要寫或不當寫，我這裡聽大家的意見。

（原載《北京文藝》，一九五七年十月號）

從自己的著作談起

一九五六年的國慶，我曾經寫過一篇文字，現在一九五七的國慶又來了，我寫什麼呢？當然，這一年內，鋼鐵、運輸、鐵路、礦產等等建設，都有著驚人的發展。但是我不寫它，我想從一個最低的自己的角度上寫，我是一個從事文藝工作的人，自覺創造得不夠，真是對不起讀者的盼望。不過雖是一個不成熟的作家，各方面依然在督促我寫稿。這一方面感到自己慚愧，一方面又覺得中國文化發展得有令人不可信的程度。

我們先說一個出版已久的《啼笑因緣》吧。這書從我們知道的算起，出版也有三十次。自然，有些地方，私自翻版的還不算在內。那個時候，重版的書印數，少得可憐，每次約自三千部到一萬部，所以大約也有十幾萬部。現在看起來，當然是很少的。可是那時為舊政府統治下的地域，這銷數，已屬難能了。可是現在怎麼樣？就是翻版兩次，已經達到已往三十次出版數的水平。我們要知道，這書已出版三十年，雖然有點回憶，可是根本不足道的。有這樣的銷數，這是現在政府，把文化水準一年比一年提高的結果。我敢大膽說一句：這是已往的舊政府統治下，做夢也想不到的事情。

還有一部書，叫《魍魎世界》，原來叫《牛馬走》，是中國抵抗日本軍閥，在重慶《新民報》披露的一本，約有五十餘萬言，這在從前，沒有資本出這樣的書。現在由《大公報》先披露大部分，後由上海文化出版社出版，到今不到幾個月工夫，就重印一版了。還有一部叫《五子登科》，也是在文化出版社印的。這書是寫當年國民黨的事，是派專人到北京來接收屋子、金子、車子等等。這書也快出了，若是這書，送在國民黨手上，當然沒有出版的希望了。

這都是寫解放以前的書。現在陸續付排的書，北京出版社共有三部，一為《孟姜女》，二為《孔雀東南飛》，三為《磨鏡記》。關於這三部書，《孟姜女》雖然各地都有傳說，而且傳說大致相同，可是沒有一本真正的小說。其次為《孔雀東南飛》，這是一首古詩，各種戲，早已就有了，可是照詩的境地，演為一本小說，也似乎沒有。這書中小說人物，出在筆者的家鄉（安徽潛山縣），所以筆者對書中的人物背景，比較的熟習。去年曾在上海《新聞日報》披露，今年就交北京出版社出版。最後說到《磨鏡記》，這就是福建戲（如今各處戲都有），叫做《陳三五娘》。

我也有兩部新書，一是《翠翠》，這是個中篇，約五萬字上下。是《剪燈新話》，有這麼點影子，後來《拍案驚奇》裡把這文重編了一番。但這是個悲劇，很少英雄人物。我把它編成喜劇，寫了幾個人物有英雄氣概，大概約十月尾可以交卷了。其二，是《記者外傳》，這有五十萬言以上的長篇，每回約有一萬字，約有四集。現在第一集，快要交卷了。這本

《記者外傳》是描寫我從來北京時候起，到我第一次離開北京為止的親身經歷過的記者生活。上海《新聞日報》和其他報社記者來北京和我談起時說，都很贊成，並爭預定稿。這本書將交《新聞日報》發表，然後由通俗出版社出版。

本來這裡既擔任一個長篇，又擔任一個中篇，我自己審查自己的能力，半年的工夫，恐怕有點不夠。雖然在審查之後，又加以審查，最後又盡力之所能，復加以審查，但是我的能力，究竟有限。所以在自己審閱一過，擬還請我的朋友看看，有何處不好，再加以刪改。我們在國慶這一天，看見我們的國家，這樣事事物物，都在一日比一日進步勃興，是多麼令人鼓舞、興奮。

（原載《山窗小品及其他》，香港：通俗文藝出版社，一九七五年六月版）

關於讀小說

如今是新年了。有的放兩天假，掩上門來，伏在案頭讀小說。有的在旅行中，在車上，在船上，以及在旅館中，找著一個安適的地方讀小說。有的本來喜歡讀小說，在這假期中越發地去讀小說。小說這樣引起人的愛讀，究竟這裡面有益處或者有毒處呢？我斗膽答覆一句：這要看你找什麼小說讀。好的小說，很多可以幫助你增長知識，開拓思路，這都是有益的，可是，你若不去選擇，只要是小說，拿起就讀，這裡很可能有些黃色故事，讀了我們不但沒有好處，很多地方誨淫誨盜，那是有害的。尤其一般青年，不可讀這類小說。

宋朝有一種賣「說話」的人，為了教授徒弟或者自己怕忘了，就編一個本子，給自己查看，這個本子就叫做「話本」。話本的出現就是中國小說的一個重要的發展。賣「說話」的人，在哪個地方賣呢？都是在空地裡的。既是在空地裡，又怕別人不知道，就用樂器奏一個《得勝令》。奏完了之後，人家知道是賣「說話」的，就從四方來聽他的「說話」。賣「說話」的就在這「說話」之前，講上一段小故事，以作引子，這就叫「得勝頭回」。「得勝」是把「令」字縮掉了，「頭回」是頭一回了。在這引子裡頭，「說話」的總要批上幾句，對這故事裡的事，或褒或貶，作一個公平人。「話本」如此，「擬話本」不但如此，還在批評裡頭多加上一點。可見當時作小說的是要勸人往有益的方面走了。

有人就問：這「得勝頭回」，何以後來沒有了呢？難道有益有害，後來就不問了嗎？我說：不是的。這是由於小說的寫作技巧進步，用不著這「得勝頭回」了。例如中國最有名的長篇小說《紅樓夢》同《儒林外史》等幾部書，讀過的人，當不難看出大家庭腐敗，婚姻壓迫，以及官僚骯髒的是非，用不著在書前面再說他幾句。讀《儒林外史》等書的人，如果讀完笑一笑就算了，這還不一定是會讀小說的，必要心裡明白了作者的主要意思，這才是善於讀小說的。

小說還有個時間問題，不可不知道。《儒林外史》本來明明要說清朝的事情，但作者故意一隱，就說明朝的事情。在清朝的人讀它，明明被它挖苦一頓，卻是不好如何，因為他扯上明代了。現在清朝也過去了，但是書中描寫那些文人腐敗，還是生靈活現在我們面前。所以這裡可分兩部分讀：他說的衣冠住室，這完全過去了，我們無從捉摸，就是捉摸得到，也少有用處。至於他寫的人，聲音笑貌，那完全沒有變動，我們就完全賞識這一點。因此我們看小說，要分別這裡面的年代。可以移動的外表，過去算它過去了，至於不移動的內容，只要寫得好，我們要盡量鑑賞它，這才是善讀小說的人呵！

這裡又有問題了。《紅樓夢》寫的寶玉、黛玉雖有愛情卻不能配合婚姻，兩人都飲恨千古。這樣的事，現在少了，將來可能沒有。但是前四五十年，幾乎青年男女都會碰到這樣的事。所以《紅樓夢》一書，當時青年男女最愛讀。我們生在現時代，要讀古典文學的書，就得先明白古今風俗有所不同。

再順便談到我自己。我寫的小說，已出版的大約有六十部。照說，也就不算少了。但是我自己鑑定，可讀的真是太少。不過我作小說，雖然信筆所之，這內裡多少有一點風俗及各種習慣吧？因此，就風俗習慣上說，可以翻翻罷了。大概我寫小說，可以分三個時代。第一是我出版《春明外史》、《金粉世家》等小說的時代。第二是國難嚴重，我作《瘋狂》、《魍魎世界》的時代（原名是《牛馬走》）。第三就是現在。我自己知道所學的太不夠了，要多讀，多看，多跑。雖然我的年紀也不算小了，但是現在人壽長了，活個八十九十，那真算不得一回事。所以我願多接觸一點，多見識一點，這於作小說上，有很大的幫助的。

各位不愛看小說，那就罷了。若是愛看小說，又不經意地碰上了我所作的一部，那就奉勸各位，先把年代翻上一翻，看是何年作的。當然，我自己就「有則改之，無則加勉」了。

比我作小說還早一點，上海出了黃色小說，報章雜誌大登而特登。至於內容說些什麼，我不願說它，反正兩條路，一是誨淫，二是誨盜。上海一興，全國就跟著來。由於看了這項小說，有十幾歲的小子，學會了偷盜，還有到峨眉山去尋師的。至於誨淫，我不說，諸位也明白的。這種風氣，鬧了二三十年光景，現在國內已經沒有了。可是據朋友說，國外還有。

朋友，這般小說，千萬看不得。要看了的話，小則喪失志氣，大則無所不為。只要沒人看，這些黃色刊物，自然慢慢就淘汰了。

小說的力量是不小的。清朝進關，多少得力於《三國演義》。當時帶兵的人，多有一部《三國演義》，當作兵書。他們最所崇拜的，就是書裡的關羽。羽字還不能提，稱關羽做關公。這樣皇帝既供奉，老百姓也跟著供奉。所以在清朝統治之下，無論什麼地方，都有關羽廟，這廟呵，大則高殿崇樓，小則一個人也不能站立。這為著什麼？不就為的受了《三國演義》的影響嗎？所以小說，你別小看它！你要看小說，就要善於選擇。

（原載《山窗小品及其他》，香港：通俗文藝出版社，一九七五年六月版）

作小說須知

小說怎樣作？怎樣能作成一篇好的小說？許多人這樣問我，而且想我用很簡單的話來答覆他。但是這卻很難。在文藝上無論哪一門的東西，都可以發揮起來，作成幾十萬言的講義，何獨至於小說不然。而且小說在文藝上佔著很重要的位置，「小說怎樣作」、「怎樣作成一篇好的小說」，如此兩個重大問題，豈是三言兩語所能解答的？不過我們辦這個週刊，原意就是要在這一層上面，多多貢獻一點。我們雖不能整本整本的，編出講義來貢獻，但是零零碎碎，提出些要緊的來，隨便談談卻未嘗不可。

今日是我們貢獻的第一次，我們說些什麼呢？中山先生說：知難行易。我們要會作小說，當然先要知道作小說。要知道作小說，現在沒有教員來教我們，我們只有自己去求得了。因此，我由我的經驗上，定一個求「知」之方。諸位雖不必照方吃炒肉，這好比是一張遊藝大會的入門券，介紹諸位進門。至於各人喜好哪一站，那就非我所能問了。閒言少說，且把單子弄出來。

（一）要投身到社會上去。你能知道的，盡量去求得。不曾知道的，眼不能見，至少也當請教於知道的人。（二）因為第一點，要養成觀察的習慣。觀察不是閉門臥遊的事，有機會就要去遊歷。（三）要知道美術，尤其是在圖畫攝影一方面，因為可以供給你描寫風景的絕妙方法。（四）要學一種外國文，至少要有查字典的能耐。因為現在是世界的社會，作小說難免有適用外國字的所在。（五）對於文學，要有基本知識，而且要注意修辭學。（六）要學詞章。知道詞章，然後文字可以作得美一點。而且寫情（不專指男女之愛）的地方，學詩的人，很佔便宜。（七）要注意戲劇一類的藝術，他能告訴你剪裁的方法（電影是最好的範本）。（八）要有嘗試，不然，很容易說外行話。（九）對於你所愛的東西，要大量去研究。因為你照此寫出來，有事半功倍之效。（十）中外名家小說，至少讀五十種以上。

章與回

我很對不住本刊的讀者。上一期，適在我的病中，稿子是由舍弟代發的，我竟不能有什麼貢獻。這一期，我本想做一點東西，又因外埠兩篇長篇正在催稿，不能讓我有查書的工夫，所以關於考證的東西，只好延一期。昨日有一個朋友，問我長篇的章與回之分，我曾說了一點，現在撮記起來，就算是我的分子。

章，中國的白話舊小說，很少這種體裁。至於傳奇、彈詞，雖然分章或分折，但那又是韻語本，不能為標準的。回，大概是漢文小說獨創的，拼音文字的小說裡，絕對沒有，也不可能。

分章的小說，每章要自成一個段落。這一個段落，大概總是整個的。所以本文前面，按上一個題目，自然能包括全章。至於它在全篇小說裡面，大致因起承轉合分成部位。雖不必恰好是四章，但它的性質無非是由四章擴充起來的。回目的小說，它卻與分章的不同，每回不是整個的一段。它不過是在全篇小說裡，找兩三件事，合成一回。而這一回，有時與全篇起承轉合有關，有時一點關係沒有。例如《紅樓夢》的「三宣牙牌令」，這不過描寫全文極盛時代之一斑，把它刪了，與本書無大關係。這是與章最不同之一點。因為若是全書裡的一章，就萬不能刪割的。

章回性質，既各有不同，長短自異。照說，章只能作一二十段。若是回目，接長作到一百以上，那是常事。因此章的命名，總求籠統。回目照例說兩件事，作一副對聯（也有只寫一聯，與下回相對的，但是究嫌不美），這一副對聯，為引起讀者注意起見，要下點工夫才好，但是倒不妨瑣碎。

由以上所說的幾件事看來，你作長篇小說，未下筆之先，打算分章或分回，很可先審度一下子了。

剪裁

一個小說家，他若不知道戲劇一類的藝術，他的作品，是不容易成功的。我貿然說出這一句話讀者或會莫名其妙，但是我一指出「剪裁」兩個字，諸公就會恍然大悟了。

一本戲劇，或一部電影，甚至一張風景畫，它所包含的，只是在一個整個事實或情緒中，挖取一部分。看的人，只看了這一部分，對於全體，自然會明白。演劇的人，要演「王三姐拋彩球」，並不在乎把做彩球的那一段事實，也要加入戲劇裡去的。這一個道理，粗枝大葉，是很顯明的。再往細處一點說，有極小的事，要擴大寫出來的，像《新年之一夜》的影片裡，查票員在電車站外，撿到一雙女鞋，這是無關本片情節的，然而這可以寫出坐客上下擁擠的情形。又像京戲《翠屏山》，海和尚到楊雄家去的一晚上，這是極富寫出的關鍵，而又極不堪的事。然而戲裡，只寫迎兒開門、關門而已。而觀眾自然明白，這個是什麼，這就叫做剪裁。

作小說，若是把整個的事實，整個地搬來整個地寫出，平鋪直敘，不但毫無意趣，而且那事實上的精華，也必定因作者寫得拖沓複雜，完全失去。所以作小說的剪裁工夫，是要緊的一件事。同時，我願把我一點經驗，介紹本刊的親愛的讀者。諸公若是願意作小說可以多看外國電影。因為那上面給予我們剪裁的教訓，既明顯而又精粹。

附志：剪裁和穿插，我們看去，好像是一件事。其實不然。譬如短篇小說，短到一千字以下，是用不著什麼穿插的，然而剪裁工夫，卻更要仔細。所以剪裁和穿插不是一回事。至於穿插怎樣適當，下期可以談談。

紅學之點滴

談《紅樓夢》，叫做紅學，這是百餘年來的老話了。自從白話文興盛以來，《紅樓夢》一躍成了文壇上的上客，談紅學的就越發大張旗鼓的幹了。

因為這個原故，《紅樓夢索隱》、《石頭記索隱》、《紅樓夢考證》，紛紛地出世。等到有了胡氏的一篇考證，又把一個紅學的考據家打倒。把一個續後四十回的高蘭墅，從礦山裡挖出來，重現於人世。胡氏為人，盡多謬妄之處，這一件大功，值得凌煙閣上標名，我並不因為我向來不信任胡氏的學說（他的《哲學史大綱》，就不如這一篇考證靠得住），抹煞他這一點。

我們既信任後四十回是高蘭墅所作的，我們且另開紅學蹊徑，先談一談高氏的續作。自然，高氏作這四十回書，比曹雪芹自己作上八十回，還要難上幾倍。因為他要體貼曹氏的原作，根據他下的線索，造一個結果，在這一層，先要把那八十回讀得滾瓜爛熟，把各人的性情舉止，都放在腦海，然後隨手掏來就是，靠著這點，就不容易，更無論其他了。

上八十回的文筆，和下四十回的文筆，溶化得沒一點痕跡，我們若不是知道這書是兩個人做的，決不會疑心是兩種筆墨，這也是自古有續書者以來不常見的事。這些好處，都不必去細說。而第一件，就是高氏能猜得曹雪芹的意思，打破中國小說團圓的舊套，用悲劇來作終局。因為這樣，惹了天下痴心兒女不少的眼淚，抬高《紅樓夢》不少的價值。

高作之第一缺點，當為寫史湘雲並無下場。史湘雲在林、薛之間，本來沒和寶玉發生戀愛之餘地，但是曹作金麒麟一段文字，是毫無意義的嗎？史湘雲醉眠芍藥圃那一段事跡，又是沒有隱射的嗎？

許多紅樓後夢續夢之類，也都不曾理會到此層，硬寫史湘雲已經嫁了人。這種辦法高蘭墅對之怎樣，我不敢說，若是和曹雪芹說，他就很傷心的。寶釵的金鎖，是影射寶玉那塊玉。史湘雲那雙金麒麟，又何嘗不是影射寶玉那塊玉呢？

（原載北京《世界日報》，一九二七年九月三日、四日）

小說中之兀字

前有友人致函相問，謂僕之小說中，喜用兀字以代忽字，知讀《水滸》爛熟。然事有不盡然者，敢舉一知半解，以供研究。

兀，頗似北人所讀之物字，落月韻。詞源中收此字，以為係語助詞。元人詞曲多用之，亦未盡其義。就愚在小說上所看來，宋代京本通俗小說中，即用此兀字。如《碾玉觀音》中，「兀自未到家」是。《大宋宣和遺事》中，亦有此兀字。如寫高平章至李師師家，「女奴來報，兀的夜來哪個平章到來也」。似宋朝人說話，此兀字為通常應用語也。

兀自，猶言「猶自」也。《水滸傳》中，多半作如是解。兀的，則於本文語氣中，亦有「猶自」、「依然」之意，惟不甚明顯，不敢附會古人意思。至元詞曲中，如「兀的不是……某某來也」，等等，則「兀的」又有與「來也」牽連之處，其義仍不可解，惟如作忽然之意，不如作「哪裡」解較覺近似耳。

所謂京本通俗小說，其年代分明在南渡之後，「京」應為今之杭州，而非開封之東京，亦非洛陽之西京。故文中之俗語，襲汴洛遺音，雜南方語氣，不能純粹。而平話本，又不免為說書先生底稿，甚至雜入市井語，以求人之了解。如吃酒京本通俗小說，均作吃酒。「不是」是平常，則寫作「奢遮」。吃與奢遮，《水滸》亦同也。《水滸》成於元初，元去南宋未遠，則宋人用兀，元人亦用兀，在平話文字，為當然可通之事。至近人用此字，本可不必，惟係一種習慣，下筆之時，偶不留心，即為孱入，實未嘗有意。蓋好塗鴉小說者，未有不讀小說之理，亦未有不受先代小說影響之理。為免除讀者疑惑起見，最好是不用耳。

僕頗有心研究唐宋小說，以窮小說之源。苦於學識譾陋，而家中又缺少可讀之書，只得空具此宏願。因友問及兀字，乃連瑣成為此文，讀者進而教之，固所拜嘉也。

（原載北京《世界晚報》，一九三〇年二月三日）

我的創作與生活

七十年來，我當記者和寫章回小說的生涯佔了五十年。有人問我是怎樣當新聞記者的，我想若和今天的同行們比，我們那一代只能以駱駝比飛機了。不只肩負的使命不同，生活也不同。至於章回小說，我也學著寫了好幾十部，只能算是章回小說「匠」，不敢稱「家」。一部分書當年也曾風行一時，但今天回想起來，我那些書若是經時代的篩子一篩，值得今天的讀者再去翻閱的，也許所剩不多了。

現在且不說我的小說，留著下面去談。我先寫自己的生活過程，由此讀者也可以知道我寫小說汲取材料的源泉。我南南北北地走過一些路，認識不少中下層社會的朋友，和上層也沾一點邊，因為是當記者，所見所聞也自然比僅僅坐衙門或教書寬廣一些，這也就成為這寫章回小說的題材了。

我祖籍安徽潛山，一八九五年農曆四月二十四日出生於江西，原名張心遠，筆名恨水。為什麼叫「恨水」呢？這也使許多朋友奇怪，為什麼別的不恨，單單恨水呢？這是因為我年輕時，很喜歡讀南唐李後主的詞，他的《烏夜啼》裡有一句「自是人生長恨水長東」，我覺得這句很好，就取了個「愁花恨水生」的筆名。後來在漢口小報上投稿，就取了「恨水」作筆名。當了記者以後，這就成了我的正名，原來的名字反而湮沒了。名字本來是人的一個記號，我也就聽其自然。可是有許多人對我的筆名有種種揣測，尤其是根據《紅樓夢》中「女人是水做的」一說，揣測的最多，其實滿不是那回事。

（二）十三歲仿作武俠小說

由於父親早年在江西卡子上作稅務工作，因此我的童年是在江西度過的。

當我十歲邊上，我父親接我們到新城縣去（新城後改名黎川縣），坐船走黎水直上。途中遇到了逆風，船上的老闆和伙計一起上岸背縴，老闆娘看舵。我在船上無事，只好睡覺。忽然發現船篷底下有一本繡像小說《薛丁山征西》，我一瞧，就瞧上了癮，方才知道小說是怎麼一回事，後來我家裡請了一位先生，這位先生也愛看一點。我又在父親桌上找到了洋裝的《紅樓夢》，我讀了造大觀園一段，懶得再看，我正要看打仗的書呢。

這以後我就成了小說迷。我把零用錢積攢下來，夠個幾元幾角，就跑到書舖子裡去買小說書。有時父親要審查，他只准我看《儒林外史》、《三國演義》之類，別的書往往被扣留，有時還要痛罵一頓。於是我就把書鎖在箱子裡，等著無人的時候再拿出來看。尤其是夜裡最好，大家睡了，我就把帳子放下，把小板凳放在枕頭邊，在小凳上點了蠟燭，將枕頭一移，把書攤開，大看特看。後來我父親知道了，每晚都要查上一查，他說十二點以後該睡覺了，在床上點蠟燭太危險，這時他對我看小說也不太反對，索性管我叫「小說迷」，我母親也不管了，漸漸地我有了兩三書箱的小說書。

我十一歲時，祖母在故鄉死了，父親帶了我返里。家裡有殘本的《希夷夢》、《西廂記》、《六國志》（寫孫龐鬥智）等。不久我們又回南昌，這時我十三歲，開始學著寫小說，在一個本子上寫以小俠為主人的小說，因為我這時看的小說以武俠為大宗。我寫的小俠使用兩把銅錘，重有一百多斤，一跳就可以跳過幾丈寬的壕溝，打死了一隻老虎。我這樣寫小說，有誰看呢？只有我兄弟、我妹子下學回來無事，各端把矮椅子將我圍住，聽我講書，講的就是我自編的小說，他們居然聽得很有味道。因為我寫小說以後才發現寫了兩三天，拿來給他們講解時，不到一小時就完了。我自己感到這是一個供不應求的艱巨工作。

我還記得，這個稿本，是竹紙小本：約有五寸見方，我用極不工整的蠅頭小楷，向白紙上填塞。有時覺得文字敘述還不夠勁，我特意在裡面插上兩幅圖畫。所畫的那位小英雄，是什麼樣子，我也印象不清了，只是那兩柄銅錘，卻誇張地畫得特別大，總等於人體的二分之一。那隻老虎，實在是不像，我拿給弟妹們看時，他們說像狗。這給予我一個莫大的嘲笑，恰成了那個典「畫虎類犬」了。

(二) 上了經館和學堂

回到南昌以後，我父親在新淦縣三湖鎮找到了工作。這裡有二道漳江，兩岸都栽了橘子樹，我的家就像埋在橘子林裡。我在家裡學了一些八股文。我作過「起講」，也學了詩，懂了平仄，學作過五絕。我記得在「兩個黃鸝鳴翠柳」一題裡，我有這樣十個字：「枝橫長岸北，樹影小橋西。」後來我懂一點詩，覺得這根本不合題。但我初學作詩，確是這樣胡亂堆砌的。這作風，大概維持了兩三年之久。我到了三湖，覺得這裡住家非常的好，這裡有大河激浪，橘樹常綠，心想如此詩境多麼好，就從這裡學起詩來吧。我就常在橘林邊的白沙堤上散步，堤外一道義渡，堤上有一座小小的塔，比在城市小巷裡接近大自然得多了。

這時我父要我在古文上下點工夫，再送我上學堂。正有一位古文很好的蕭先生在附近開設了一座經館，父親就送我去唸書了。在從前，父命是不能違抗的。這經館周圍的風景比我家還美，場裡有水井，橘林外便是漳江，經館是姓姚的一個祠堂，院裡有兩棵大樹，若是晴天，太陽穿過大樹，照見屋裡碧油油的。最妙的是蕭先生收了一個姓管的學生，他們家裡買了許多小說，我們在一個房間攻讀，他和我很要好，常把書帶來借給我看，我就這樣讀了不少章回小說，無形中對章回小說的形式和特點有了一些體會。

在經館裡讀了一年書以後，我已十四歲了，父親又把我送入學堂。這時我不只看小說，還看書評。不過，那時候的書評，沒有後來風行的書評那麼尖銳和細緻，但是也可以幫助我懂得哪樣書好哪樣書壞了。譬如白話小說《兒女英雄傳》，我就看著他的言詞句子不錯，但對人物刻畫就差一些了。

那時候，商務印書館出了《小說月報》雜誌，我每月買一本，上面有短篇長篇創作，有翻譯小說，使我受益匪淺，於是我懂得買新書看了，跳出了只看舊小說的圈子，也可以算作一種躍進吧。我仔細研究翻譯小說，吸取人家的長處，取人之有，補我所無，我覺得在寫景方面，舊小說中往往不太注意，其實這和故事發展是很有關的。其次，關於寫人物的外在動作和內在思想過程一方面，舊小說也是寫得太差，有也是粗枝大葉地寫，寥寥幾筆點綴一下就完了，尤其是思想過程寫得更少，以後我自己就盡力之所及寫了一些。

我在學堂裡讀了一陣書，父親又把我送到南昌敬賢門外的甲種農業學校去讀書，但是不到一年，父親去世了，母親就帶了我們子女回安徽潛山鄉間老家，我的學校生活也中止了。我很憂愁，但是讀小說的習慣卻依舊。我那年十七歲，寫了一篇四六的祭文，大膽地在為父親除靈舉行家祭的靈堂上宣讀起來，把稿子也焚化了。我這時有些自負，對鄉間那些秀才貢生不怎樣看得起，沒有什麼朋友。家中有一間書房，窗外有桂花樹，我常臨窗讀書，同鄉人因而送了我一個外號，叫我「大書箱」，意思是我只知唸書。我那時真是終日吟詩，很少過問身外之事。

(三)從墾殖學堂出來，去演話劇

我在鄉間過了半年多，有一個叔伯哥哥叫張東野，筆名張愚公(解放後曾任合肥市副市長，全國人大代表），當時在上海警察局當局長，他覺得我不讀書未免可惜，就叫我到上海去，打算讓我讀書。我到了上海以後，他打聽到蘇州辦了一個蒙藏墾殖學堂，我去考中了，就在蘇州住下來，這也為我日後小說寫了些蘇白進去打了底子。

墾殖學堂就在蘇州留園的隔壁，到寒山寺和虎丘都很近。我那時是個貧寒學生，也不敢亂跑，課堂是樓房，打開窗戶，附近人家，麥地桑田，小橋花巷，都在目前。我在課餘就拿了書本靠在紅欄杆之旁細細地看。這時期我讀了《隨園詩話》、《白香詞譜》、《全唐詩合解》等。樓底下是花園一角，我也常去玩，高興起來就題幾句詩。

我在蘇州讀書，當然很好，可是我沒有錢用，於是想起投稿來。我試寫了兩篇短篇小說，一篇叫《舊新娘》，是白話的；另一篇叫《梅花劫》，是文言的。這時大概是一九一二年或一九一三年。我當時沒有一點社會經驗，並不十分懂得什麼叫「劫」，什麼叫新舊，姑且一寫就是了。稿子寫好了，我又悄悄地付郵，寄去商務印書館《小說月報》編輯部。稿子寄出去了，我也只是寄出去而已，並沒有任何被選的幻想。可是事有出於意外，四五天後，一封發自商務印書館的信，放在我寢室的桌子上。我料著是退稿，悄悄地將它拆開。奇怪，裡面沒有稿子，是編者惲鐵樵先生的回信。信上說，稿子很好，意思尤可欽佩，容緩選載。我這一喜，幾乎發了狂了。我居然可以在大雜誌上寫稿，我的學問一定是很不錯呀！我終於忍住這陣歡喜，告訴了要好的同學，而且和惲先生通過兩封信。但是我那兩篇稿子，一月又一月，一年又一年，直到惲先生交出《小說月報》給沈雁冰先生的那一年，共有十個年頭，也沒有露面。換句話說，是丟下字紙簍了。這封信雖然是編輯部對一般作者的覆信，但是對我的鼓勵卻很大，後來我當了五十年的小說匠，他的這封信是對我起了作用的。

我在墾殖學堂讀了一年書，正值二次革命起來了，我們這學校是國民黨辦的，所以也成了討袁軍的一支力量，把寫了「討袁軍」字樣的旗子掛起。可是沒有幾天就垮台了，學校也就解散。

這樣一來，我又失學了，可是我還沒有死心，帶了四五元錢去到南昌，找了一個補習學校補習英文、算術。想考大學，但是家中沒錢，父親過去在南昌置了點房產，所收房租只夠我付補習學校學費的，借債不是個長局。後來母親把房子賣了八九百元錢，由她收管度日，我不便拿。為了找出路，我就帶了一包讀書筆記和小說到漢口去了，因為有個本家叔祖張犀草在小報館裡當編輯。他雖然大我兩輩，年齡卻比我大得有限，他認為我的詩還不錯，就叫我投給幾家報館，但是並不給稿費，當時的小報館都窮得很，於是我的詩開始問世，卻還沒發表小說。

這時，我的堂兄張東野已到長沙改行演話劇，取了個藝名叫張顛顛，而且演得很紅。不久他也到漢口來，在漢口沒演成，又要到常德去，我於是也隨他到湖南去了。

我堂兄在常德參加的那個話劇社裡有兩位知名的話劇家，一位是演主角的李君磬，一位是演旦角的陳大悲。我去了也參加演出，頭一場演《落花夢》，派我一個生角，是個半重要的角色，大家認為我演得還不錯，就是說話太快了一點，派戲人說，演演就好了，我聽了也很高興。初步定了我三十元的月薪，李君磐和陳大悲也不過百多元。不過薪金是有名無實的，我從沒拿過三十元，十元也沒拿過，但是伙食很好。我的另一件工作是編說明書，一張說明書不過三五百字，沒有什麼為難，我的工作不忙，有時就約朋友出城去玩。

混到陰曆邊，劇社就派了一個分班到津市去演出，我也去了，在這個小碼頭上演，生意卻很好。兩個月後又到澧縣，在這裡演了兩個月，好消息來了：袁世凱死了，我們全班人馬要到上海去演戲，我分了三十多元薪金，夠我到上海去的路費了。到了上海，有個蕪湖《皖江報》的編輯郝耕仁和我堂兄住在一起，他大我十歲，是前清一個秀才，寫得一筆好字，能詩能文，他看我一點點年紀，和我堂兄一路瞎跑瞎混，認為究竟不是路子，他勸我，既有這番筆墨，可以到內地去找個編輯做做。這番話給我相當影響，但是一時沒有辦法。我隨了李君磐的戲班到了蘇州，可是因為我蘇州話說不太好，只得又隨另一批人到南昌去演戲，仍舊窮得混不下去，我就借了路費回了安徽老家。

（四）和郝耕仁去賣藥

我回家時二十二歲，自己打算讀些書再找工作不遲。於是在家中百事不問，一徑地看書。也試寫了幾篇小說，有《紫玉成煙》、《未婚妻》等，都是文言的。

過年以後，接到郝耕仁來信，約我一起去賣藥。郝的理想是渡長江，穿過江蘇全境，進山東，再去北京。至於藥，他家有祖傳的，沿途還可以買，不用發愁。我正無事可做，心想跑跑長途也好。到三月初，我和他在安慶會面，就同行到了鎮江，又坐上到仙女廟的船過江。仙女廟是個小鎮市，我們在一家小客店落腳，臨近就是運河，有一道橋通到揚州。那晚月色很好，我們倆在橋上閒步，看到月華滿地，人影皎然，兩岸樹木村莊，層次分明。有漁船三五，慢慢地往身邊走，可是隱約中不見船身，只見漁燈，從這裡順流而下。郝耕仁說，這裡很好，他要吟詩，於是就亂吟一陣。眼見月亮西斜，我們才回小客店。第二天我們到邵伯鎮去，只有二三十里路程，當然是步行而去，這日天氣很好，我們背了小提箱，且談且走，村莊裡樹木葱蘢，群鳥亂飛，田野中麥苗初長，黃花遍地，農民背著斗笠，在麥地裡幹活。

原來邵伯鎮很繁盛，鎮上什麼東西都有得賣。我們在一家旅館歇下，旅館經理是個小官。門口兩個長腳燈籠上寫著「九門都統」銜，分明是個北京官了。我們寫店簿的時候，在職業項下填了一個「商」字，茶房不信。回頭經理也來了，他說我們雖然是送藥來賣，可是要找個保才行。郝耕仁出去找了一個西藥店的經理，把這番出來賣藥的經過談了。那位經理很同情，但是他勸我們不必遠行了，說這一帶是給軍人統治，要小心些，最好還是回去為妙。他替我們作了保，還借給了路費，我們就是次日離開了邵伯鎮返回南方。

我們又想到上海去看看，就搭了一種「鴨船」，就是船頭上堆滿了雞鴨籠子的船，風把雞鴨屎的臭味直送向乘客，蚊子也多得沒法撲打。我說出門真難，郝耕仁說這不算什麼，昨天我們在旅館裡的時候，茶房就輕輕對我說，鎮上保衛團裡的人已經住到我們對過房間裡來，只要他說聲「捉」，我們就得跟了走。我聽了說，這好險啊，想到這，雞鴨齊叫，臭氣薰人，蚊子亂咬，也就不在乎了。鴨船到了通揚州的大河港口就靠了岸，他們的雞鴨在此等輪船運到上海，我們也在這裡投宿一家小旅館，是一間統艙式的茅草棚子，裡面架了成行的木板當床，被子很髒，還有膏藥的黑點子，跳蚤也多，但是比鴨船要好一點，我們就出了幾個銅板，安歇一晚。旅館老闆大聲說，輪船要到第二天九點鐘才到，不忙，客人睡吧，我一覺醒來已經七點鐘，郝耕仁已到街上去了。這種旅館是不供應水的，要洗臉漱口，須要到街口茶樓上去辦。郝耕仁興致很好，喝了酒，吃了豬肝，我吃了包子。我們上船較遲，在一個汽洞裡安身。在船上只能買豆腐乳下飯，統艙是不供菜的。

（五）到蕪湖當報館編輯

在上海找不到出路，郝耕仁和我只好各自離去，他回蕪湖報館當編輯，我回家去自修。半年以後，郝耕仁給我來信，他要到湖南一個部隊朋友那裡去做事了，蕪湖《皖江報》編輯的事可以由他保我接任。我決計邊學邊做，就向母親要了四元錢路費動身到蕪湖去。

我的記者生涯開始了，這時我已二十四歲。《皖江報》的編輯張九皋領我會見了譚經理，他們信得過郝耕仁，也就信得過我。分派給我的工作是每天寫兩個短評，還要編一點雜俎，新聞稿子缺少，就剪大城市報紙，工作並不難。我初作頭一天怕不合適，把短評給經理看，他說很好，我心想這一碗飯算是吃定了。另外幾個編輯是能編不能寫。當時張九皋月薪八元，李洪勳六元，曹某五元，給我也定了八元。一共就是我們四個人在編輯部裡，張九皋自己在外面還辦了一個《工商日報》，曹某在那裡兼校對。李洪勳在《皖江報》編地方新聞，照例各公署會給他一點好處。我倒也不在乎錢多錢少，好在伙食相當好，待我也客氣，我自己有個房間，可以用功，因此種種，我倒很安心工作。到了晚上，作好了兩篇短評，就和李洪勳上街去玩玩，吃碗麵，再來幾個銅板的熟牛肉。

李洪勳說：「你老兄筆墨很好，要是到大地方去，是很有前途的，何必在這裡拿八元錢一個月呢。」我說：「你這話也許不錯，但是要慢慢地來，我碰了不少釘子，凡事要有一定的機會。」不久，報館裡知道我是待不長久的了，譚經理就給我加了四元月薪，還許願說，將來給我在馬鎮守使那裡兼個差事，其實我對錢並不看得那麼重，我對譚經理說不必多心。

一九一九年，五四運動起來了，南北青年都很激動。我們也很關心，就在報上辦起週刊一類的東西。經理看著我們辦，並不說話。

報館裡除了我們四個編輯外，有一個人專收廣告，一個人專管財務，三個人搖機器。只有一架平版機，排字房裡有十來位工人，一天印個千把份報紙，每日下午三四點鐘，就得等看上海報，以便剪用。

上海的《民國日報》是國民黨辦的，有一個《解放與改造》副刊，我的第一篇小說就是那上面發表，一起是兩篇：《真假寶玉》和《小說迷魂遊地府記》，一共一萬多字。《民國日報》很窮，也是不給稿費的。後來出了書，名為《小說之霸王》。我在《皖江報》上寫的《皖江潮》長篇小說，因我去北京而中止。

我上北京，是一個叫王夫三的朋友鼓勵我去的。他在北京，因事南下時碰到我，保我能在北京找到飯碗。於是我就把皮袍子送進「當鋪」當了，又蒙一位賣紙煙的桂家老伯借給我一些錢湊作路費，動身去北京了。

（六）到北京去

到了北京，王夫三引我去見秦墨哂，這位老記者如今還健在。他先是給《時事新報》發電報，後來又當《申報》記者。秦表示很歡迎我，要我每天發四條新聞稿子，新聞來源他們那裡有，決定每月給我十元月薪，如果稿子多，還可以外加。王夫三替我表示，我來北方是為了學習，目的不在錢。秦說：那就很好。於是先借我一個月的工資，我趕快寄還給蕪湖那位借給我錢的桂家老伯。

我住在會館裡，每月房飯也要十多元，一切不用自己操心，自己可以用功，我這時努力讀的是一本《詞學全書》。每日從秦墨哂家回來，就攤開書這麼一唸，高起興來，也照了詞譜慢慢地填上一闋。我明知無用，但也學著玩。我的小說裡也有時寫到會館生活的人物，也寫點詩詞，自然與這段生活有關了。

一天我在交過房、飯費後，只剩下一元現大洋了，這一塊錢怎麼花呢？恰巧這時梅蘭芳、楊小樓、余叔岩三個人聯合上演，這當然是好戲，我花去了身上最後一塊現大洋去飽了一下眼福耳福。有一個朋友方竟舟以前也在安徽報館工作過，彼此熟識，一天他對我說：「你口袋裡的錢已經不響了，大概缺錢用了吧？有個朋友成舍我在《益世報》做事，想找一個人打下手，你去不去？」我好在下午和晚上沒有事，很願意兼個差事，就答應了。經他介紹我就認識了成舍我。成又給介紹了經理杜竹萱。《益世報》是天主教辦的報紙，所以杜說，在新聞和評論方面只要不違背天主教就行，此外隨便說什麼都可以。至於我的工資，規定是三十元一個月。

《益世報》當時在新華街南口，除了總編輯成舍我外，有吳範寰、盛世弼、管窺天和我幾個編輯，還有兩個校對，另有主筆一人，每天做一篇社論。社址有三進房屋，前面一排是營業所，有兩個收廣告財務。中進是排字房，有二十幾位工人，還有兩架平版機和一架小機器，兩側是堆紙的屋子。經理室、編輯部、廚房全在後進。新聞和副刊全在這裡編。要說是每天出兩張大報，這點房子真不算多，尤其是比起今天的報社來，就會讓人笑掉大牙。但是當時其他報紙，往往是只租一所小小的房子，門口掛一個木牌，就算報社了，其報紙大都是找印刷所代印的。

我在北京《益世報》大約幹了一年，因為我在業餘時間朗讀英文，同院住的經理的新太太嫌吵，就把我調任天津《益世報》的駐京記者，每兩天寫一篇通訊，這樣就離開北京《益世報》館。到後期我的月薪加到七十元一月。

當秦墨哂作《申報》駐京記者時，他還兼著「遠東通訊社」的事，每月送他六十元，他忙不過來，就約我分擔一半。後來他又湊了個孫劍秋，辦了個「世界通訊社」，約我作總編輯。我是個不會跑腿的人，通訊社的消息從哪裡來呢？秦墨哂雖然答應我從他那裡挖一點去，但是我想他還是從別人那裡挖消息的，豈能讓我再挖，我暫時只好答應。我先後住過王夫三的會館和潛山會館，這時就搬到通訊社裡去住。

通訊社也就是供稿社。當年大凡一個人在政治上有點辦法，就拿出幾百元辦個通訊社，此外每月還要二百多元經費。主辦「世界通訊社」的經濟後台老闆是張弧——當年的財政總長。他究竟為辦通訊社花了多少錢，我也不清楚。我當總編輯，每月支二十元，只夠吃飯。每天的頭條新聞卻是煞費心思的，因此我在通訊社裡始終抱一個五日京兆的意思。

後來成舍我和我們全部離開了《益世報》，成舍我混進了眾議院當秘書。我辭了「世界通訊社」的工作，給《新聞報》、《申報》寫通訊，我的新聞來源也往往是去找成舍我想辦法。他一度辦了個「聯合通訊社」，我又去幫他的忙。成和楊璠結了婚，家用大了，他又弄到了教育部秘書的職務，成舍我是個不甘寂寞的人，精力充沛，從新聞界跳入政界，在政界又兼辦新聞。不久，他又辦了一張《世界晚報》，讓我包辦副刊，我給這副刊起名叫《夜光》。我只支三十元月薪，樣樣都得自己來，編排、校對，初期外稿不多，自己要寫不少。

（七）《春明外史》問世

我編《夜光》很起勁。不到三十歲，混在新聞界裡幾年，看了也聽了不少社會情況，新聞的幕後還有新聞，達官貴人的政治活動、經濟伎倆、艷聞趣事也是很多的。

在北京住了五年，引起我寫《春明外史》的打算。「春明」是北京的別稱，小說從一九二四年四月十二日，開始在《夜光》上發表，每天寫五六百字，一直到一九二九年一月二十四日才登完，其間凡五十七月，約有百萬字。最後由世界書局印行，全書分十二冊，頭兩集也分別在北京出版過，但也不過只印幾千本就是了。世界書局在全書出版前，在《申報》、《新聞報》登了兩欄廣告，把八十六回回目一齊登了出來，定價十元零八角，一印起碼上萬部，不久又再版，又印縮版，縮版是改五號字，印成兩本，定價兩元多錢。我是賣版權的，所以出多少版，與我也沒關係了。朋友們關心我，說「你後悔了吧」，我說，我不後悔。我沒有世界書局那麼多的本錢，也沒有本領在許多碼頭開設支局。

《春明外史》是以記者楊杏園的生活為中心的，也可以說多多少少有些傳記小說的味道，一開頭就交代楊杏園是皖中的一個世家子弟，喜歡寫詩填詞，發洩滿腹牢騷，「卻立志甚佳，在這部小說裡，他卻是數一數二的人物呢」。自然，這個「志」，是不能以今天的標準來衡量的。書的前半部寫了楊杏園和青樓中的清倌人梨雲的戀愛，但是他還沒有決心娶她，也沒有可能為她贖身，終於在「滿面啼痕擁衾倚繡榻、載途風雪收骨葬荒丘」的第二十二回裡讓梨雲染病死去。

書裡寫的楊杏園對梨雲十分多情，在她死後，還常在自己會館裡的桌子上供她的相片和瓜果。一直到書的結尾，楊杏園也沒有成家，而且短壽而死。

許多朋友問我：你真認識過梨雲這麼一個清倌人嗎，你真對她那麼痴情嗎？真有李冬青那麼個人嗎？還有人問，某人是否影射著某人？其實小說這東西，究竟不是歷史，它不必以斧敲釘，以釘入木，那樣實實在在。《春明外史》的人物，不可諱言的，是當時社會上一群人影，但只是一群人影，決不是原班人馬。這有個極好的證明，例如主角楊杏園這人，人家都說是我自寫。可是書中的楊杏園死了，到現時我還健在，宇宙裡沒有死人能寫自傳的。

《春明外史》，本走的是《儒林外史》、《官場現形記》這條路子。但我覺得這一類社會小說犯了個共同的毛病，說完一事，又遞入一事，缺乏骨幹的組織。因之寫《春明外史》起初，我就先安排下一個主角，並安排下幾個陪客。這樣，說些社會現象，又歸到主角的故事。同時，也把主角的故事，發展到社會的現象上去。這樣的寫法，自然是比較吃力，不過這對讀者，還有一個主角故事去摸索，趣味是濃厚些的。當然，所寫的社會現象，決不能是超現實的，若是超現實，就不是社會小說了。

《春明外史》，除了材料為人所注意以外，另有一件事，為人所喜於討論的，就是小說回目的構制。因為我自小就是個弄詞章的人，對中國許多舊小說回目的隨便安頓，向來就不同意，既到了我自己寫小說，我一定要把它寫得美善工整些。所以每回的回目，都很經一番研究。我自己削足適履地定好了幾個原則。一、兩個回目的上下聯要能包括本回小說的最高潮。二、盡量地求其詞華藻麗。三、取的字句和典故，一定要是渾成的，如以「夕陽無限好」，對「高處不勝寒」之類。四、每回的回目，字數一樣多，九字回目，求其一律。五、下聯必定以平聲落韻。這樣，每個回目的寫出，倒是能博得讀者推敲的。可是我自己就太苦了，往往兩回目，費去一二小時的工夫，還安置不妥當。因為藻麗渾成都辦到了，不見得能包括這一回小說最高潮。能包括小說最高潮，不見得天造地設的就有一副對子。這完全是求好看的念頭，後來很不願意向下做。不過創格在前，一時又收不回來，因之這個作風，我前後保持了十年之久。但回目作得最工整的，還是《春明外史》和《金粉世家》，其他小說，我就馬虎一點了。在我放棄回目制以後，很多朋友反對，我解釋我吃力不討好的原故，朋友也就笑則釋之了。謂不討好云者，這種藻麗的回目，成為「禮拜六派」的口實。「禮拜六」派，多是散體文言小說，堆砌的詞藻，見於文內，而不在回目內。「禮拜六」派也有作章回小說的，但他們的回目，也很隨便。不過，我又何必本末倒置，在回目上去下工夫呢？

《春明外史》發行之後，它的範圍，不過北京、天津，而北京、天津，也就有了反應和批評。有人說，在五四運動之後，章回小說還可以叫座兒，這是奇跡。也有人說，這是「禮拜六派」的餘毒，應該予以掃除。但我對這些批評，除了予以注意，自行檢討外，並沒有拿文字去回答。在五四運動之後，本來對於一切非新文藝形式的文字，完全予以否定了的。而章回小說，不論它的前因後果，以及它的內容如何，當時都是指為「鴛鴦蝴蝶派」。有些朋友很奇怪，我的思想，也並不太腐化，為什麼甘心作「鴛鴦蝴蝶派」？而我對於這個派不派的問題，也沒有加以回答。我想，事實最為雄辯，還是讓事實來答覆這些吧！

（八）《金粉世家》在《世界日報》上發表

《世界晚報》辦了一年多，《世界日報》才問世，成舍我覺得晚報總不如日報神氣，就找到了些搞政治的人出錢支持他，除了買兩架平版機、小機器、石印機以外，還得有每月的經費。手帕胡同的房屋不夠了，找了石駙馬大街的房子，也就是解放後《光明日報》社的一部分，再往後還買過西長安街的一座旅館房子，現在已經拆掉了。

《世界日報》出兩張，編輯部裡有了十幾個人。副刊《明珠》仍由我包辦，我同時仍編晚報的副刊《夜光》，忙不過來，就另請了張友漁、馬彥祥、朱虛白、胡春冰四位一起辦副刊。

我在《世界日報》發表小說《新斬鬼傳》，還有《金粉世家》。後者和《春明外史》一樣，出書時都印成十二本，約一百萬字。在《世界日報》刊登時，都沒有拿到多少錢。因為那時成舍我常到南京國民黨政府那裡去奔走，後來在南京辦了一個《民生報》，把《世界日報》的財務交給他太太楊璠，大家要錢用，就到楊女士那裡去支，但當時報館發不出月薪，我們只能領一點零錢，其餘的由楊女士給我們開一張欠薪的借條，這樣做不止一回。我認為成舍我是我們的朋友，他欠了我們的薪水，有了錢自然會還，還要他太太的借條幹什麼呢？我就把借條扯碎了。過了一年多，北伐後成舍我回到北京，我向他算這筆舊賬時，他說：「借條呢？」我說：「我扯碎了。」他說：「那就不好辦了！」我自然沒有辦法。

這時《益世報》和《晨報》也要我寫小說發表，既然《世界日報》欠著我薪水，我在編餘時間為外報寫小說，他們也不便干涉。我寫了《劍膽琴心》給《晨報》。這時《益世報》已江河日下，但是還有點人情關係，也給他們寫了一篇。萬枚子等友人辦北京《朝報》時，我又寫了《雞犬神仙》，該報不久停刊。這時，我因時間不夠支配，就把秦墨哂處的工作和天津《益世報》的通訊全辭掉了。又有人介紹我給上海有名的小報《晶報》寫《錦片前程》。我同時寫的幾篇長篇小說，怎麼進行呢？也沒有別的好辦法，只能先寫好每篇小說的人物故事提綱，排上輪流寫作的日表，今天寫《劍膽琴心》，明天就寫《錦片前程》，嚴格執行。關於《金粉世家》，那是天天要寫的，裡面人物多、場面大、故事曲折，我也就只好勾出個輪廓來，每天寫上七百字到上千字。

《金粉世家》全書一百一十二回，世界書局出書時，又包了《申》、《新》二報的廣告欄，把回目全登上去，分兩日刊登。這書裡寫了金銓總理一家的悲歡離合、荒淫無恥的生活，以金燕西和冷清秋一對夫婦的戀愛、結婚、反目、離散為線索貫穿全書，也寫了金銓及其妻妾、四子四女和兒媳女婿的精神面貌和寄生蟲式的生活。自然，也反映了當年官場和一般的上中層的社會相。

社會上有人猜想：我寫金銓一家是指當時北京豪門哪一家呢。其實誰家也不是，寫小說不是寫真人真事，當然也離不了現實基礎，純粹虛構是不行的。用個譬喻，乃是取的「海市蜃樓」。海市蜃樓是個幻影，略有科學常識的人都知道，它並不是海怪或神仙佈下的疑陣，而是一種特殊自然現象的反映。明乎此，就知道《金粉世家》的背景，是間接取的事實之影，而不是直接取的事實。作為新聞記者，什麼樣的朋友都結交一些。袁世凱的第五個兒子和我比較熟，從他那裡聽到過一些達官貴人家的故事。孫寶琦家和許世英家我也熟悉。有時我也記下一些見聞，也就成為寫小說的素材。

像冷清秋那樣的遭遇，我也是屢見不鮮的，一個出身比較平常的姑娘嫁到大宅門裡，也許是一時由於虛榮心作祟吧；但是，不是由於丈夫薄倖，就是由於公婆小姑妯娌瞧不起，慢慢地就會出現裂痕，以悲劇結局。冷清秋也是由於金燕西的多角戀愛、揮霍無度、不知上進而上樓禮佛，終至在一場火災中抱了獨子出走，寫得似乎是沒有遁入空門，而是在西郊隱居起來。我沒有安排冷清秋死去，當年大約是為了安慰讀者的。但就全文命意說，我知道沒有對舊家庭採取革命的態度。在冷清秋身上，雖可以找到了些奮鬥精神之處，並不夠熱烈。這事在我當時為文的時候，我就考慮到的。但受著故事的限制，我沒法寫那樣超脫現實的事。

在「金粉世家時代」（假如有的話），那些男女，你說他們會具有現在青年的思想，那是不可想像的。後來我經過東南、西南各省，常有讀者把書中的故事見問。這讓我增加了後悔，假使我當年在書裡多寫點奮鬥有為的情節，不是會給婦女們有些幫助嗎？

有人喜歡研究小說人物的名字來由，我有時喜歡用名字象徵性格，如冷清秋便是。有時卻又改一改現實人物的名字，我有位叔祖名張犀草，在《春明外史》裡就借用它成了一個詩人的名字。

（九）從《啼笑因緣》起決心趕上時代

到我寫《啼笑因緣》時，我就有了寫小說必須趕上時代的想法。這小說一九三〇年發表在《新聞報》上，是應嚴獨鶴先生之約寫的。記得我在寫《啼笑因緣》的第一天，是在中山公園小土山下水亭子邊構思的，當時一面想，一面筆記，就這樣勾畫出了這本書的輪廓。而這時土山上正有幾個姑娘在唱歌呢。當然，我的所謂趕上時代，只不過我覺得應該反映時代和寫人民就是了。北洋軍閥統治時期，軍閥們為非作歹的事情太多了，就是新聞記者也可以隨意捉去坐牢槍斃。於是我寫了以學生樊家樹和唱大鼓書的姑娘沈鳳喜的愛情，和他們被軍閥劉將軍拆散的故事。最後，這個姑娘被劉將軍逼瘋了，遭到了悲劇的下場。

因為上海《新聞報》和我初次訂契約，我想像《春明外史》那樣的長篇是不合適的，於是我就想了這樣一個不太長的故事。在那幾年間，上海洋場章回小說，走著兩條路子，一條是肉感的，一條是武俠而神怪的。《啼笑因緣》和這兩種不同。另一點是《啼笑因緣》中對話用的是北京話，與當時上海的章回小說也不同。因此，在這部小說發表的起初幾天，有人看了覺得眼生，也有人覺得描寫過於瑣碎。但並沒有人主張不向下看。載過兩回之後，讀者感到了興趣。嚴獨鶴先生特地寫信告訴我，讓我加油。一面又要求我寫一些豪俠人物，以增加讀者的興趣。對於技擊這類事，我自己並不懂，而且也覺得是當時一種濫調，我只能把關壽峰和關秀姑兩人寫成近乎武俠的行為，並不過分神奇。這樣的人物是有的。但後來還是有人批評《啼笑因緣》的「人物」，說這些描寫不真實。此外，對該書的批評，有的認為還是章回小說舊套，加以否定。有的認為章回小說到這裡有些變了，還可加以注意。大致地說，主張文藝革新的人，對此還認為不值一笑。溫和一些的人，對該書只是就文論文，褒貶都有。但不管怎麼說，這書惹起了文壇上很大注意，那卻是事實。有人並說，如果《啼笑因緣》可以存在下去，那是被揚棄了的章回小說又要還魂，我沒料到這部書會引起這樣大的反應，當然我還是一貫地保持緘默。我認為被批評者自己去打筆墨官司，會失掉有則改之、無則加勉的精神，而徒然攪亂了是非。後來《啼笑因緣》改編成電影，明星電影公司和大華電影片社為爭奪拍攝權打一年的「啼笑官司」，在社會上熱鬧了一陣，連章士釗先生也曾被聘請為律師調解訴訟。不過這些批評和紛爭，全給該書做了義務廣告。《啼笑因緣》後來還曾多次被搬上銀幕和舞台。它的銷數超過了我其他作品，所以人家說起張恨水，就聯想到《啼笑因緣》。

這本書發表後，許多讀者來信詢問主人翁的下落，要求寫續集，無法一一回信作答，因此我後來寫了一篇《作完〈啼笑因緣〉的說話》，其中說：「《啼笑因緣》萬比不上古人，古人之書，尚不可續，何況區區……《啼笑因緣》自然是極幼稚的作品，但是既承讀者的推愛，當然不願它自我成之，自我毀之。若把一個幼稚的東西再幼稚起來，恐怕也有負讀者之愛了，所以歸結一句話，我是不能續，不必續，也不敢續。」

過了三年，由於讀者的愛好，我自己沒有續，卻出現了一些由別人寫的《續啼笑因緣》、《反啼笑因緣》、《啼笑因緣零碎》等等，全都是違反我本意的。為了這個原故，我正躊躇著，原來印書的三友書社又不斷來催促我續著。當時正值日軍大舉進攻東北，我想如果將原著向其他方面發展，也許還不能完全算是蛇足。所以就在續集中寫了民族抗日的事。但至今回想起來，就全書看還是不續的好，抗日的事可以另外寫一部書嘛。

（十）賣版稅和辦美術學校

有了以上幾部稿子，我受到了上海出版商的注意，他們約我到上海去訂合同，預約我的小說出版。去滬以後，招待歡迎，走時歡送，稿費從優，但是我一般全是賣版稅，書印若干萬冊或若干版，與我無干。記得在上海先看見了編《紅玫瑰》雜誌的趙苕狂，他又給我引見了世界書局經理沈知方，我一次預支了稿酬八千元，決定《春明外史》由他們第三次出書，《金粉世家》也由他們出版，再次就是正在上海《新聞報》刊登的《啼笑因緣》了。

這時我有了錢，就寫信給郝耕仁，叫他到上海來玩玩。他來了，我分給他一些錢，又同路去逛西湖。郝耕仁這時還勸我節約一些，別把心血換來的錢全虛擲了。我回到北京以後，手上還有不少錢，雖然也沒有什麼了不起，但對我的幫助還是很大的。首先我把弟妹們婚嫁、教育問題解決了一部分。又租了一所房子，院子很大，植了不少花木，很幽靜。這一切，在精神上，對我的寫作是有益的。

這時我很忙，我算了一下，約有六七處約稿，要先後或同時寫起來，我因此閉門寫作了一年。每天我大概九點鐘開始寫作，直到下午六七點鐘，才放下筆去吃晚飯，飯後稍稍休息，又繼續寫，直到晚上十二點鐘。我不能光寫而不加油，因之登床以後，我又必擁被看一兩點鐘的書。看的書很拉雜，文藝的、哲學的、社會科學的，都翻翻。還有幾本長期訂的雜誌，也都看看。我所以不被時代拋得太遠，就是這點加油的工作不間斷的原故。否則我永遠落在民國十年以前的文藝思想圈子裡，就不能不如朱慶餘發問的話，「畫眉深淺入時無」了。

這時，我讀書有兩個嗜好，一是考據，一是歷史。為了這兩個嗜好的混合，我像苦修和尚，發了個心願，要作一部中國小說史，要寫這部書，不是光在北平幾家大圖書館裡可以把材料搜羅全的。自始中國小說的價值，就沒有打入四部、四庫的範圍。這要在民間野史和斷簡殘編上去找。為此，也就得多轉書攤子，於是我只要有工夫就揣些錢在身上，四處去逛舊書攤和舊書店。我居然找到了不少，單以《水滸》而論，我就找了七八種不同版本。例如百二十四回本，胡適就曾說很少，幾乎是海內孤本了。我在琉璃廠買到一部，後來在安慶又買到兩部，可見民間蓄藏是很深厚的，由於不斷發掘到很多材料，鼓勵我作小說史的精神不少。可惜遭到「九一八」大禍，一切成了泡影。材料全部散失，以後再也沒有精力和財力來辦這件事。

那幾年由於著作較多，稿費收入也就多些。這時因我四弟牧野是個畫師，邀集了一班志同道合的人，辦了個「北華美術專科學校」。我不斷幫助他一點經費，我算是該校董事之一，後來大家索性選我做校長。我雖然有時也畫幾筆，但幼稚的程度比小學生描紅模高明無多。我雖擔任校長，並不教畫，只教幾點鐘的國文，另外就是跑路籌款。記得當時在「北華美專」任教的老師有于非闇、李苦禪、王夢白等先生。後來一些在藝術上有成就或在社會上知名的人如張仃、藍馬、張啟仁等就是這個學校的學生。

(十一)兩度去西北

闢門寫小說一年以後，我有了西北之行。一方面是，自是《啼笑因緣》以後，我有趕上時代的要求，另一方面，也深知寫小說不多了解一下老百姓的事是不行的。這時正是很多人熱心上西北的時節，為了西北地廣人稀，有豐富的資源待開發。當時隴海鐵路只通到潼關為止，再向前就坐汽車了。

我在家籌劃了一個多月，就帶了一件小行李，在五月裡出發，我到鄭州、洛陽，一直到火車終點潼關為止。我看了三省交界的黃河，倒是氣勢雄壯。省政府的汽車送我們到了西安。這時西安只有三十萬人口，也許因為戰爭關係，實數還不到三十萬。邵力子先生時任陝西省長，他很幫忙，聽說我要去蘭州，說坐省裡公事汽車可以隨時上下，比商車方便。後幾天搭上了西蘭公路劉工程師的車子，後面還有一部不帶棚的敞車。

一路西行，要經過近二十個縣，除了平涼而外，就沒有一個縣城像樣的，人口少，市面荒涼。比起我久居的江南來，這裡一個縣城不如江南一個村鎮。同車的劉工程師對我說：「你還沒到縣裡頭去看看呢，老百姓的衣服不周，十幾歲的閨女往往只以沙草圍著身子過冬，沒有褲子穿，許多縣全是如此。」

那時蘭州只有十四萬人口，建築很古老，算是當時的一個邊防城市，蘭州的人民生活也不見好。從這以後，我才覺得寫人民的苦處，實在有我寫不到想不到的地方。所以我說，讀萬卷書，走萬里路，擴大眼界，是寫小說的基本工作。

我從西北歸來，就寫了《燕歸來》，發表在《新聞報》上，又寫了《小西天》，發表在《申報》上。此行未去新疆。我國的版圖多麼大，我心想我這一生能跑得周麼！

《燕歸來》是寫一個女孩子自幼因逃荒從甘肅離家，後來在南京當了體育皇后，為了開發西北，就和幾個男朋友由陝西大路歸來，找到了自己的家庭。故事人物是我在西北親見親聞的，西北人民生活水平之苦是我以前都想像不到的。

一九五六年文聯組織了一個作家藝術家參觀團，我隨團又遊歷了西北。這次看到西北人民生活比解放前有了很大提高，整個的西北面貌發生了極大的變化。鐵路線過了蘭州，公路四通八達，新建了許多工廠、礦山，使我非常興奮，也增長了不少見聞。有一晚，在蘭州玩得太高興了，誤了晚飯，同行十幾個人走到了一家酒飯館裡，他們也已停止營業。有位朋友說：「這是你在寫《燕歸來》時遇到過的事吧，這次玩得太起勁了。」櫃枱裡站了一位老先生，聽了這話，對我望望，便對我說：「您從北京來嗎？是姓張嗎？」我說是的，他又說：「你有四六文章很好，我在《春明外史》裡見過。」我聽了真是受寵若驚。他又說：「第一次來與第二次來，有好多不同吧？」我笑說是，同行的人覺得老先生和我攀起交情來，吃飯有希望了，便向老先生央求做飯。老先生說：「張先生是稀客，開晚飯，有有有。」我們十幾個人上飯廳飽餐了一頓。這件巧遇不算稀奇，我的書能在二十年前西北交通不便的時候來到西北，是沒想到的事。

(十二) 抗日戰爭前後

一九三一年「九一八」國難來了，舉國惶惶，我自己想到，我應該做些什麼呢？我是個書生，是個沒有權的新聞記者。「百無一用是書生」，唯有在這個時期，表現得最明白。想來想去，各人站在各人的崗位上，盡其所能吧。也就只有如此聊報國家民族於萬一而已。因之，自《太平花》改作起，我開始寫抗戰小說。但是當時的國民黨政府採取不抵抗政策，所以我儘管憤憤不平，卻也沒有辦法，因此我所心向的禦侮文字，也就吞吞吐吐，出盡了可憐相。例如我在《彎弓集》中寫了幾首詩，就是這種心情的寫照。

六朝金粉擁千官，王氣鍾山日夜寒。
果有萬民思舊蜀，豈無一士覆亡韓。

朔荒秉節懷蘇武，暖席清談愧謝安。
為問章台舊楊柳，明年可許故人看。

含笑辭家上馬呼，者番不負好頭顱；
一腔熱血沙場灑，要洗關東萬里圖。

那時我在北平，在兩個月工夫內，寫了一部《熱血之花》和一個小冊子《彎弓集》，都是鼓吹抗戰的文字。當然這談不上什麼表現，只是說我的寫作意識，轉變了個方向，我寫任何小說，都想帶點抗禦外侮的意識進去。例如我寫《水滸別傳》，就寫到北宋淪亡上去。當然，這些表現都是很微渺的，不會起什麼大作用，僅僅說，我還不是一個沒有靈魂的人罷了。以後我又給上海《申報》寫了《東北四連長》（後易名《楊柳青青》）以及《啼笑因緣續集》等，都表現了抗日的思想。

一九三五年秋，成舍我在上海創辦《立報》，我包辦其中一副刊《花果山》。原想只幫助辦一個短時期，等有些眉目後就回北方。誰知北平家中來了急電，叫我不必回去。原來冀東已出現了日偽傀儡政權，迫害愛國的文化界人士，有一張黑名單，我也名列榜上，因而就不能北上了。

後來我又轉到南京，因為老友張友鸞約我投資創辦《南京人報》，經他多方敦促，我們花了五千元買機器、字架和紙張，辦起報來，我並自編副刊《南華經》，自寫兩部小說：《中原豪俠傳》、《鼓角聲中》。我辦《南京人報》，猶如我寫《啼笑因緣》一樣，驚動了一部分人士，出版第一日，就銷到一萬五千份。這時我還為別的報寫了太平天國逸事《天明寨》和一篇關於義勇軍的故事《風雪之夜》。不久「七七」事變發生，我把家眷送回潛山老家，攜帶了個小行李卷離開南京去內地。由於冀東偽政權的出現，我不能回北平，又加上這次南京遭受轟炸，我隻身入川，因此我的全部財產和多年搜集的資料書籍也全都拋棄了。路過漢口時，全國抗敵文協成立，我被推選為理事，接著我到了重慶。

這時南京《新民報》已經遷渝，張友鸞就向陳銘德先生推薦我加入《新民報》，從此我就在《新民報》工作十餘年。當過主筆，也當過經理，也寫小說、詩、文在報上發表。入川後我寫的第一部小說《瘋狂》，就是在《新民報》上發表了。我在抗戰的前期寫了一些有關游擊隊的小說，如《衝鋒》、《紅花港》、《潛山血》、《游擊隊》、《前線的安徽，安徽的前線》、《大江東去》等。那時，上海雖然淪為「孤島」，《新聞報》還不曾落入漢奸之手，信件可以由香港轉，我就寫了《水滸新傳》，描寫水滸人物和金人打仗，因為寫了民族氣節，很受上海讀者的歡迎。

由於我對軍事是外行，所以就想改變方法，寫一些人民的生活問題，把那些間接有助於抗戰的問題和那些直接間接有害於抗戰的表現都寫出來，但我覺得用平常的手法寫小說，而又要替人民呼籲，那是不可能的事。因之，我使出了中國文人的老套，寓言十九，託之於夢，寫了《八十一夢》，這部書是我在後方銷數最多的一部。《八十一夢》還在延安流傳，是我認為非常光榮的事。書裡的夢，只有十幾個，也沒有八十一個，何以只寫十幾個呢？我在原書楔子裡交代過，說是原稿潑了油，被耗子吃掉了。既是夢，就不嫌荒唐，我就放開手來，將神仙鬼物，一齊寫在文裡，諷喻重慶的現實。當時我住重慶遠郊南溫泉，特務對我注意起來，認為張恨水「赤化」了，因此檢查我的來往書信。為了這部書，有人把我接到一個很好的居處，酒肉招待，最後他問我：是不是有意到貴州息烽一帶（國民黨軍統特務監獄），去休息兩年？於是《八十一夢》就此匆匆結束了。這一期間我寫了《偶像》、《牛馬走》（又名《魍魎世界》）、《傲霜花》（原名《第二條路》），以及連載隨筆《上下古今談》，都是談的社會現象，針砭當時的貪污腐敗。我還寫了《鄉居雜記》、《讀史詩》等，其中有一首諷刺詩「日暮馳車三十里，夫人燙髮入城來」之句，流傳很廣，各報頗有轉載的。

一九四四年在重慶，當我五十歲生日時，承抗敵文協、新聞學會、《新民報》一些友好熱心，為我祝賀，同時紀念我寫作三十年。紀念會經我堅辭免開，但是幾種報紙上還是發表了一些文章，對我慰勉有加，實深銘感。其中以《新華日報》潘梓年的一篇最有意義，題目是「精進不已」，他根據我在重慶時期寫的文章，以為我有明確的立場——堅主抗戰，堅主團結，堅主民主。他說明確的進步立場，是一個作家的基本條件，立場不進步的人，看不見或看不清現實，寫出的東西也就對社會有害無益。他以我寫的《上下古今談》為例，希望我不斷地精進不已，自強不息。

我當時在《新民報》上寫了《總答謝》。

一九四五年毛主席到重慶，還蒙召見，對我的工作給予了肯定和鼓勵，給我留下了深刻的印象，至今還牢記在心。

抗日勝利以後，各報紛紛復員，《新民報》社派我到北平任北平版經理，我和三四位同事一同從陸路動身，由重慶到貴陽、衡陽都是坐汽車，由衡陽到武昌坐鐵棚子火車，沒有火車頭用汽車拉了火車走，可算今古奇觀。一共走了三整天，到了漢口才乘船到南京，已是勝利後度第一個春節的時候了。我回到故鄉，看望了我的母親後，就匆匆北上了。我把路上見聞寫了小說《一路福星》給《旅行雜誌》。

這時，國民黨政府向一千多人頒發了「抗戰勝利勳章」，其中也有我。

（十三）回到了北平

我為了和陳銘德先生北上辦《新民報》北平版，我以最大的犧牲，報答八年抗戰的友誼，把《南京人報》讓給張友鸞去辦了。一九四六年春我回到了闊別已久的北平，鄧季惺先生已把北平版的房子機器等安排好，我又邀請馬彥祥、左笑鴻、于非闇等老友一起合作，舊友重逢，再度共事，是非常融洽的。不久北平版籌備就緒，就在這一年四月四日出版，開始印一萬多份，不久增加到四萬多份，很受北平讀者歡迎，營業可以維持，不向總管理處要錢。我自編了副刊《北海》和《新民報畫刊》，同時還寫了幾部長篇小說。

到了北平，我發現了一個問題，就是在抗戰期間，在淪陷區有人冒我名出版小說，內容荒誕不經，黃色下流。我查了一查，這些偽書竟有四十多部，實在讓我大大地吃了一驚，對我是個惡意的侮辱，我十分氣憤，多次在報上發表聲明，並向主管部門申訴，才查禁了一下，聽說東北冒名的偽書尤其多。

在北平目睹耳聞不少接收人員的生活，社會上也有接收大員「五子登科」（房子、金子、女子、車子等）之說，我於是寫了《五子登科》的小說。這一時期我還給《新民報》寫了個長篇《巴山夜雨》的小說。又給上海《新聞報》寫了個長篇《紙醉金迷》，這兩部書都是以重慶為背景的，在別人看來，不知作何感想，至少我自己是作了一個深刻的紀念。這時的幣制是一直紊亂，物價一直狂漲，對於國民黨的金融政策，誰也不敢寄予絲毫的信用，自由職業者，就非常的痛若，尤其是按字賣文的人，手足無所措。月初，約好了每千字的稿費，也許可以買兩三斤米，到了下月初接到稿費的時候，半斤米都買不著了。在這種情形下，勝利後的兩年間，我試一試賣文的生活，就戛然中止。《歲寒三友》、《馬後桃花》就是這樣未完篇的。到了一九四七年，紙價已經貴得和布價相平了。我就又改變作法，多寫中篇，如《霧中花》、《人跡板橋霜》、《開門雪尚飄》等，這一試驗，還算可以維持下去。

因為我很不習慣報社的經理職務，一九四八年秋，陳銘德先生到北平，我向他辭去了報社的職務，專事寫作，從此終止了我從事四十年的新聞生涯。

（十四）解放後

一九四九年北平解放了，我和全國人民一樣感到歡欣，但對黨的政策也並不十分了解。這時我接到了一張請帖，到北京飯店參加宴會。會上葉劍英同志作了講話，使我對黨有了進一步的認識。同年夏，我忽然患腦溢血，癱瘓在床，喪失了工作能力，但是黨和人民政府對我的生活仍無微不至地關懷。我被聘為文化部的顧問，還被邀請參加了全國第一次文代會和全國作家協會。以後我的病情漸漸好轉，恢復了部分寫作能力，我又應通俗文藝出版社、北京出版社、上海《新聞報》及香港《大公報》、中國新聞社之約，為讀者寫了根據民間傳說改寫的小說《梁山伯與祝英台》、《白蛇傳》、《秋江》、《孔雀東南飛》以及《記者外傳》等。我為中國新聞社寫了北京城郊的變化，為此特意一一去看了北京十三個城門附近的變化，當看到新建的平坦馬路和一幢幢新樓房，馬路邊栽滿了樹木，我感到十分高興。一九五二年寫了一組《冬日竹枝詞》，發表在香港《大公報》上。

一九五五年，我的身體逐漸復原，雖然行動尚不方便，還隻身南下，看到了江南以及故鄉的變化，興奮不已，為香港《大公報》寫了一篇三四萬字的《南遊雜誌》。一九五六年從西北回來後我被邀為列席代表參加了全國政協第二屆會議。政協經常組織我學習馬列、學習黨的政策，到各處觀光，使我的思想和眼界都為之大開。我解放前寫的《啼笑因緣》、《八十一夢》等小說都得到了再版，這些幾十年前的舊作，在黨的關懷下，再度問世，使我感奮交加。

一九五九年我的病情又加重了，再次喪失了寫作能力，周總理知道後，對我的生活和工作非常關心，不久我就被聘為中央文史館館員，我的生活有了保證，使我能夠在晚年，盡力之所及作一點工作。

回顧我的五十年寫作生涯，真是感慨系之。我這一生寫許多小說，每日還經常編報，寫文章、詩詞，曾有人估計，我一生大約寫了三千萬言。有人問：你是如何堅持著沒有擱筆的呢？記得我在《春明外史》的序上曾以江南崇明島為例而寫道：

舟出揚子江，至吳淞已有黃海相接，碧天隱隱中，有綠岸一線，橫於江口者，是為崇明島。島長百五十里，寬三十里，人民城市，田園禽獸，其上無不具有，儼然一世外桃源也，然千百年前，初無此島。蓋江水挾泥沙以俱下，偶有所阻，積而為灘，灘能不為風水捲去，則日積月聚，一變為洲渚，再變為島嶼，降而至於今日，遂有此人民城市，田園禽獸，卓然江蘇一大縣治矣。夫泥沙之在江中，與水混合，奔流而下，其體積之細，目不能視，猶細於芥子十百倍也，乃時時積之，居然於浩浩蕩蕩、波浪滔天之江海交合處，成此大島。是則漸之為功，真可驚可喜可俱之至矣。

我對自己寫了這些書，也只有「成於漸」三個字好說。為了往往是先給報紙發表，所以敦促自己非每日寫六七百字或上千字不可，因則養成了按時動筆的習慣，而且可以在亂哄哄的編輯部裡埋頭寫小說，我就這樣寫了幾十年。

我作小說，沒有其他的長處，就是不作淫聲，也不作飛劍斬人頭的事。當然距離黨要求文藝工作者，深入工農兵，寫工農兵生活，全心全意為人民服務的方針太遠了。幾年來在病中眼看著文藝界的蓬勃氣象，只有欣羨。老駱駝因然趕不上飛機，但是也極願作一個文藝界的老兵，達到沙漠彼岸草木茂盛的綠洲。

一九六三年

（原載《文史資料》，一九八〇年第七十期）